따뜻한 밥이 되는 꿈

따뜻한 밥이 되는 꿈

© 정용수, 2019

초판 1쇄 발행 2019년 8월 9일
4쇄 발행 2023년 10월 5일

지은이   정용수
펴낸이   이기봉
편집   좋은땅 편집팀
펴낸곳   도서출판 좋은땅
주소   서울특별시 마포구 양화로12길 26 지월드빌딩 (서교동 395-7)
전화   02)374-8616~7
팩스   02)374-8614
이메일   gworldbook@naver.com
홈페이지   www.g-world.co.kr

ISBN   979-11-6435-510-5 (03810)

따뜻한
밥이 되는

꿈

정용수 지음 ──────────────────────

제자리에 박혀 녹슬어 가는 못이
붉은 장미만큼이나 아름답습니다.

좋은땅

책을 읽다 좋은 문장을 만나거나, 문득 떠오르는 좋은 생각이 있으면 잊어버리지 않기 위해 수첩에다 적곤 했습니다.

폭력적이고 무례한 글들로 가득한 인터넷 세상을 살아가는 아이들에게 맑은 물 솟아나는 작은 샘하나 만들어 주고 싶은 마음에 수첩에 정리된 내용에 살을 붙이고 다듬어 facebook을 통해 아이들과 함께 나눈 글들이 적지 않은 분량으로 모였습니다.

남다른 소유와 권력을 성공으로 생각하는 시대에
함께 나눌 수 없는 혼자만의 성공은
이웃도, 결국 자신도 불행하게 만든다는 것을
우리 아이들에게 가르쳐 주고 싶었습니다.
세상의 가장 아픈 곳. 수단의 가난한 마을로 달려가
'치료하는 손'이 되고,
'따뜻한 밥'이 되었던
이태석 신부님이야말로 진정 아름답고 행복한 꿈을 소유하고 실천한 성공한 사람임을 가르쳐 주고 싶었습니다.

서툴고 부족한 글이지만 우리 아이들이 행복한 꿈을 찾고 실천하는 데 필요한 작은 이정표로 사용될 수 있다면 좋겠습니다.

타인에 대한 배려와 존중, 소통이 일상화되는 성숙한 사회를 만들기 위해 애쓰시는 고마운 분들과 작은 공감이라도 나눌 수 있다면 참 좋겠습니다.

결혼 이후 많은 마음고생을 하면서도 언제나 내 편이 되어 준 고마운 아내와 잘 자라 준 두 딸 한결, 한비, 사랑하는 부모님, 인생의 힘든 시기마다 따뜻한 격려와 기도로 응원해 주신 장인, 장모님께 감사를 드립니다.

어릴 적 신앙의 기초를 놓아 주신 이성헌 목사님, 대학 시절 소중한 영적 자산을 물려주시기 위해 헌신적인 사랑으로 '달남공동체'를 지도해 주셨던 박노진 목사님, 교사의 길을 갈 수 있도록 이끌어 주신 경북대학교 사회학과 은사이신 故 권규식 교수님, 진수미 교수님, 김규원 교수님께도 지면을 통해 감사를 드립니다.

무엇보다 행복한 교사로 살 수 있도록 늘 힘과 용기를 주며 아름다운 동행이 되어 준, 나에겐 가족 같은 영남 중·고등학교 모든 선생님과 영남교육재단에 한없는 존경과 감사의 마음을 전해 드립니다.

2019년 여름 영남의 교정에서

정용수

넷.

詩

하나.

'나쁜 마음'이 아니라
'아픈 마음'입니다.

저마다의 호흡

경험이 많은 해녀는

자기 호흡이 견디는 만큼의 바다를 선택합니다.

사람마다 타고난 호흡이 다르기에

해녀들은 자기 '숨'만큼의 깊이에서만 '물질'을 합니다.

귀한 전복이 눈앞에 보여도 더 깊이 내려가지 않고

포기하고 물러날 줄 압니다.

매일 대부분의 시간을 보내는 엄마의 품 같은 바다지만

한순간의 욕심을 제어하지 못했을 땐

생명을 빼앗아 버리는

무서운 바다라는 걸 그들은 잘 알고 있습니다.

끝까지 노력해야 하는 것도 있지만

내 것이 아니라며 포기해야 하는 것도 있습니다.

자기 호흡의 길이를 알아 물러날 때를 아는 해녀들처럼

우리도 자신의 '숨' 길이를 정확하게 알아

자기에게 맞는 깊이의 바다를 선택할 줄 알아야 합니다.

조금 답답해 보이는 우리 이웃의 평범한 일상도
알고 보면 저마다 자신의 호흡에 맞춘
지혜로운 선택의 결과일지도 모릅니다.
왜 최선을 다하지 않느냐고 다그치기 전에
그 사람의 입장이 되어 보는 지혜가 필요하지 않을까요.

자기 호흡에 대한 올바른 이해와
상황에 대한 정확한 인식이 있다면
때론 '포기'가
더 큰 '용기'임을
깨닫게 되는 소중한 하루입니다.

남이 만든 상처

5년이 넘은 내 차엔 여기저기 긁힌 상처가 많습니다.
내 실수로 만든 것도 있고,
얌전히 주차해 놓은 차를 남이 긁고 간 것도 있지만
차를 닦다 보면
내가 만든 상처는 덤덤한 마음으로 지나가는데
유독 남이 만든 상처는 크기가 작아도
눈에 확 들어오고 볼 때마다 속이 상합니다.

멀쩡한 남의 차를 긁고 그냥 도망간 사람에게
화가 나는 게 당연하긴 하지만
자신의 잘못은 쉽게 잊어버리면서
시간이 가도 남의 실수는 용서하지 못하는
속 좁은 내 모습이 더욱 한심하게 느껴집니다.
자신에겐 관대하지만, 타인에겐 엄격한
이기적인 잣대를 극복하기가 참 쉽지 않습니다.

늘 우린

남 탓하는 걸로 자기의 잘못을 감추려는

어리석음을 자주 반복합니다.

내가 남에게 한 섭섭한 행동은 기억하지 못하면서도

남이 나에게 한 섭섭한 행동은 오래 기억합니다.

간혹 가벼운 접촉사고에도

무리한 배상을 요구하는 사람을 만나면 화가 나지만

내가 접촉사고를 당하게 되면

나도 비슷한 행동을 하는 것처럼…….

다른 사람의 차가 아닌

다른 사람의 마음을 긁고 그냥 간 적은 없었는지

두려운 마음으로 이기적인 나를 돌아보게 됩니다.

편리한 사랑

어떤 사람이 개를 끔찍이 사랑하게 된 동기가
믿었던 사람에게 배신을 당하고 받은
상처와 혐오 때문이라는 것을 알게 되었을 때
마음 한편이 참 씁쓸했습니다.
절대 배신하지 않는 충성스러운 개는
충분히 좋아하고 사랑할 만한 존재이긴 하지만
사람을 사랑하는 일을 포기한 대안으로서의 선택이라고
생각하니 안타까운 마음이 들었습니다.

사람을 이해하고 사랑하는 것이 어렵고 힘들어질 때
우린 '편리한 사랑'에 집착하게 되는지도 모릅니다.
상처받지 않을 만큼만 사랑하고,
사랑한 만큼 대가를 받아 낼 수 있는 '편리한 사랑'.

하지만, 그 '편리한 사랑'만으로
인생의 진정한 행복을 경험하며 살 수 있을까요.

인생의 어둡고 긴 터널을 지날 때 그 '편리한 사랑'을
과연 마지막 희망으로 붙들고 살 수 있을까요.

사랑하는 일이 마냥 쉬울 순 없지만
그렇다고 사랑하는 일을 포기하며 살 순 없습니다.
'편리한 사랑'으로 대충 타협하며 살아가기엔
우리 인생이 너무 소중합니다.

아프고 힘들어도
우린 서로 사랑하며 살아야 합니다.
땅에 뿌리를 두고 사는 나무가 그러하듯,
우리도 서로의 사랑에 뿌리를 두고 살아야 하는
人生이기에 그러합니다.

아픈 팔

왼쪽 손목을 다쳐 치료하는 동안
힘쓰는 일의 대부분은 오른팔로 했었는데
어쩌다 오른팔까지 다쳐 왼팔보다 더 아프게 되고 보니
어제까지 아팠던 왼팔이 오늘은 성한 팔이 되어
힘쓰는 일의 대부분을 감당하게 되었습니다.

번갈아 가며 팔을 다치는 특별한 경험을 하면서
깨닫게 되는 건
이때껏 성한 팔처럼
힘든 일을 도맡아 했던 사람들도
사실은 남모르는 고통을 소유한
아픈 팔이었는지도 모른다는 생각…….

엄마니까,
가장이니까,
며느리니까,

어른이니까…….

힘들고 어려워도

당연히 그 사람이 그 일을 해야 한다고 생각했던

나의 철없음이 갑자기 많이 미안해졌습니다.

어쩌면 그들도 모든 것을 내팽개쳐 버리고 싶을 만큼

힘든 날이 많았을 텐데…….

자신의 아픔은 내색도 하지 않고

사랑하는 사람들의 행복을 위해

묵묵히 힘든 일을 감당하며 살아온

그들의 삶이 너무 고맙게 느껴졌습니다.

'일복이 많은 사람'이란 애초부터 없습니다.

단지 힘든 일을 먼저 시작하는

'맘 착한 사람'만 존재할 뿐…….

이제 그 착한 사람의 아픈 팔도 쉴 수 있도록

기회를 주어야 합니다.

내 아픔에만 집중하느라

이웃들의 아픔을 외면하고 살아온

이기적인 나를 반성합니다.

자기만의 이름

우리 모두는

정확한 자기만의 이름으로 불려야 합니다.

'흙수저'니, '삼포세대'니 하는 자조 섞인 이름으로

우리의 삶을 함부로 명명하게 해서는 안 됩니다.

돈 많은 부모가 없다는 것이

우리를 '흙수저'로 부르는 이유가 될 순 없습니다.

철저하게 소유 중심으로 분류된

세상의 불완전한 이름 속에 매몰되어

우리 존재의 소중한 의미를 망각하며 살아서는 안 됩니다.

우린 결코 '흙수저'일 수 없습니다.

단연코 그건 우리를 부르는 이름이 될 수 없습니다.

우린 저마다의 이름을 가진 보석 같은 소중한 존재입니다.

남다른 소유가 우리를 행복하게 만든다고 가르치는 시대에

남다른 소유 없이도 행복할 수 있는 삶을 만들어 가는 데

우리의 지혜를 모아야 합니다.

'소유'를 위해 '존재'를 희생하는 잘못된 삶의 방향으로부터
이젠 돌아서야 합니다.

부디
우리 사회에
자신의 소중한 이름을 끝까지 지켜 내는
사람들이 많았으면 좋겠습니다.
또한
이웃의 소중한 이름을 정확하게 불러 줄 줄 아는
성숙한 사람들이 많았으면 좋겠습니다.
그래서
서로를 존중하고 믿어 주는
좀 더 살맛 나는 희망찬 사회가 된다면 참 좋겠습니다.

공감

특별한 색깔을 볼 수 없는 색맹이 있듯이

특별한 냄새를 맡지 못하는 취맹이 있고,

특정한 감정을 느끼지 못하는 '아스퍼거 장애'란 것도 있습니다.

대부분의 사람은 자기 자신은

모든 걸 정확하게 느끼고, 이해하고 산다고 생각하지만

사실 우리 모두는 어느 정도

색맹, 취맹, 아스퍼거 장애를 갖고 사는지도 모릅니다.

어떤 사람은 정의롭지만 겸손이 부족합니다.

어떤 사람은 책임감은 강하지만 예의가 없습니다.

어떤 사람은 똑똑하지만 용서할 줄 모릅니다.

파란색은 잘 보지만 빨간색은 보지 못하는 것처럼

장미향은 잘 맡지만, 난(蘭)향은 맡지 못하는 것처럼

우리 모두는 서로에게 조금은 부족한 사람인지 모릅니다.

내가 좀 더 정답에 가깝다는 생각만으로

우린 너무 쉽게 사람들을 정죄하고 상처를 주며 살아갑니다.

이런 이유로

우린 가까운 사람과 감정의 단절을 자주 경험하게 됩니다.

사람과의 관계 속에서 만들어지는 상처는

결코 일방적일 수 없습니다.

어쩌면 상대방보다 내 잘못이 더 클 수도 있습니다.

내 아픔만 애지중지 돌보느라

상대의 아픔을 무시한 내 탓일 가능성이 큽니다.

나를 힘들게 했던 사람들에 대한 원망보다

그들의 아픔을 먼저 헤아려 볼 수 있는

소통과 공감의 능력을 키워 가는 것.

그것이야말로 행복으로 나아가는

쉽고도 빠른 지름길이 될 것입니다.

전화기

사람을 보고 싶어 하는 마음이

전화기를 만들었을 겁니다.

짧은 세월 동안

전화기의 성능은 엄청난 속도로 발전했지만

그래도 전화기의 본질은

보고 싶은 사람의 목소리라도 듣고 싶은

소박한 마음에 있을 겁니다.

엄청 좋아진 최신의 스마트폰으로도

들을 수 없는 목소리가 너무 많습니다.

함께 마음을 나누고 위로하고 어깨동무하며 살아온

고마운 동행들의 마음을

너무 쉽게 잃어버린 것 같아

가끔은 저장된 수많은 전화번호 앞에서도

마음 전할 이를 찾지 못해

아득해질 때가 종종 있습니다.

세상은 점점 뾰쪽해져 가는데…….

전날의

맑고 둥근 따뜻한 목소리들이 너무 그립습니다.

상처

참기름이 귀하던 시절.

식당에서 일하던 아주머니가

주인으로부터 참기름 한 병을 훔친 도둑으로 오해받아,

그 설움이 두고두고 한이 되어,

지금도 자기 집 냉장고에는 참기름 두 병을

떨어지지 않게 보관하고 있다는 이야기를

며칠 전에 우연히 들른 식당 아주머니에게 들었습니다.

어떤 상처는 참 오래도록 남습니다.

별로 길지도 않은 인생을 살아가며

남에게 이런 상처 주는 행동은 정말 하지 말아야 합니다.

정답을 알아도 정답처럼 살지 못하는 게

부족한 우리 모습인데…….

얄팍한 정의로 함부로 누군가를 정죄하고

마음에 상처 주는 일은 정말 하지 말아야 합니다.

누군가는 죽고 싶을 만큼 힘든 하루하루를

어렵게 살아가고 있는지도 모르는데…….

가르치려 하기 전에
이해하려는 노력이 먼저 되어야 합니다.
내가 정한 정답 안에 들어오면 사랑하겠다는 것은
결코, 참사랑이 아닙니다.

사랑은 용서입니다.
결코, 상처를 만들지 않는 오래 참음입니다.

누군가의 마음에 아픈 상처를 남기는
어리석은 인생으로 살고 있지는 않은지
일상생활 속에서의
내 말과 행동을 꼼꼼히 돌아보게 됩니다.

초보끼리는 겸손하게

사립학교 교사로 오래 근무하다 보면
어느 순간 제자들과 함께 교사 생활을 하게 되는
즐거움을 맛보게 됩니다.
훌륭한 교사가 되어 모교로 돌아온 제자들과 함께
교사 생활을 한다는 것은 참 보람되고 행복한 일이지만
한편으론, 교사로서 어설펐던 전날의 내 모습들이
고스란히 드러나는 듯해 그 부끄러움도 적지 않습니다.
아이들에게 부당한 폭력, 감정적인 언어 사용,
왜곡된 가르침을 한 적은 없었는지를 반성하다 보면
한밤중에도 이불을 걷어차게 됩니다.

한때 나의 가르침을 받던 철부지 학생이
지금은 나보다 몇 배나 훌륭한 교사가 되어
아이들을 잘 지도하는 모습을 보노라면
먼저 태어나 먼저 어른이 되었다는 것이
결코, 자랑거리가 아님을 깨닫게 됩니다.

나보다 어리다는 이유로

아이들의 인격을 함부로 대하는 것이

얼마나 무례한 일인지를 새삼 깨닫게 됩니다.

인간관계에 있어서 우리 모두는 서로에게 초보입니다.

초보끼리는 서로 조심하고 예의를 갖추어야 합니다.

내가 나이가 많으니까, 내가 지위가 높으니까

'네가 알아서 맞추고, 낮춰라.'라는 식의

불평등한 관계를 요구하는 건 지혜로운 모습이 아닙니다.

상대가 나이 어린 학생일지라도

'상대와 동등한 위치에서 관계를 시작하려는 의지'가 필요합니다.

그러한 의지를 우린 겸손이라고 부릅니다.

겸손은 무조건 자신을 낮추는 것이 아니라

상대가 서 있는 지점에 나란히 서기 위해

부단히 노력하는 마음입니다.

어제의 제자가 오늘의 나에게 가르침을 주는

스승이 될 수 있는 것이 우리 인생입니다.

내 입장만, 내 목소리만 주장하는 자리에서 내려설 때

우린 훨씬 향기로운 인생을 살 수 있습니다.

겸손은 평범한 일상의 만남도

소중한 인연으로 만들어 가는 힘이 있습니다.

멋진 교사로 잘 성장하여 겸손의 의미를 깨닫게 해 준
귀한 제자들에게 고마움과 응원의 마음을 전합니다.

얼굴 주름

우리 얼굴에는

나이 들어 생기는 노화 주름이 있고,

생활 습관으로 생기는 표정 주름도 있습니다.

노화 주름은 우리의 노력과 상관없이 주어지지만

표정 주름은 우리의 노력으로 만들어 갈 수 있습니다.

많이 웃는 사람의 얼굴에 새겨진 온화한 표정 주름은

인생 최고의 멋진 계급장 같습니다.

얼굴 잘생긴 사람보다

인상이 좋은 사람이 몇 배나 멋있습니다.

나이 들수록 사람들은 조금씩 평등해집니다.

부자의 근육도, 권력자의 관절도 약해지고 무뎌져서

세월 앞에 모두가 초라한 육체의 모습으로 서게 됩니다.

지구상에서 가장 연약한 생명체로 태어나는 우리는

처음부터 누군가의 절대적인 도움으로 생존하기 시작했고

인생을 마감할 때도 타인의 도움에 전적으로 의지할 수밖에 없습니다.
그러기에 지금 좀 강하다고, 조금 높은 자리에 있다고 해서
큰소리치며 살아가는 건 참 어리석은 일이 됩니다.
오히려 육체가 약해짐으로 깨닫게 되는 고마운 진실 앞에
겸손히 자기 인생을 돌아보는 것이 지혜로운 삶입니다.
변명처럼 들렸던 이웃들의 속 깊은 아픔에도
낮은 자세로 귀 기울이며
작은 선행이라도 열심히 베풀며 살아야 합니다.

나이 들수록 가까운 것은 잘 보이지 않고
멀리 있는 것이 더 잘 보이는 이유도
어쩌면 편협한 일상에서 벗어나
나와 상관없는 멀리 있는 사람까지도 사랑하며 살라는
하나님의 섭리가 아닐까요.

완벽하지 않은 세상에 산다는 것이
사랑을 포기하며 살아야 하는 이유가 될 수는 없습니다.
상대보다 더 나은 삶을 살고 싶다면
사랑하며 도우며 살아야 합니다.
대가를 기대하지 않는 선을 더 많이 베풀며 살아야 합니다.

잘생기진 않아도 웃음 많은 인생을 살아

누구에게나 좋은 인상으로 기억되는

멋진 얼굴의 주인공이길 간절히 소원합니다.

소중한 말

2001년 9·11테러로 무역센터가 무너질 때
죽음을 앞둔 많은 사람이
사랑하는 사람들에게 급하게 걸었던
전화 내용을 추적해 보니
단 세 마디로 요약할 수 있었답니다.
"사랑해."
"미안해."
"고마워."

결국, 우리 삶에 있어서도
가장 소중한 말은
이 세 마디가 아닐까요.

마음속에만 두지 말고,
너무 아끼지도 말고,
조금은 쑥스럽더라도

매일의 삶 속에서 자주 고백할 수 있으면 좋겠습니다.

너 때문에 행복하다고,

고맙다고,

사랑한다고,

그때 참 미안했었다고…….

문득,

가족과 함께 나누는

따뜻한 저녁 밥상이

눈물겹도록 감사한 밤입니다.

자신을 알아주는 한 사람

미국의 한 심리학 교수가 가난한 슬럼 지역 210명의 아이들을 대상으로 장기간 그들의 인생 이력을 분석하며 연구를 한 결과가 있습니다.

예상한 대로 대부분의 아이들은 학습장애, 사회부적응, 폭력 사건 연루, 마약 등등……

가난의 대물림으로 시작된 불행에서 벗어나지 못한 채 힘든 삶을 살고 있었습니다.

하지만 예외적으로 정상적인 상류층 아이들보다 더 성공한 72명의 아이들이 있었습니다.

이 아이들에게 존재하는 공통점을 그 교수는 분석하고 다음과 같은 결론을 얻었습니다.

그 아이들 주위에는 자신의 불행한 처지를 이해해 주고 받아 주는 사람이 최소한 1명 이상은 있었다는 것입니다.

자신을 알아주는 그 1명의 사람이 그들을 불행의 늪에서 벗어날 수 있게 했다는 것입니다.

그들이 가진 조건, 능력, 외모 같은 것들을 따지지 않고

그들이 가진 외로움, 불안을 이해해 주고 위로해 주며,

책망하지 않고 끝까지 같은 편이 되어 주는 사람이 최소한 1명은 있었다
는 것입니다.

누군가를 '알아주는 것'이란 바로 이런 의미겠죠.
깊은 절망 속에서도 고무공처럼 다시 튀어 오르게 하는 힘은 나를 알아
주고 믿어 주는 누군가가 있을 때 생겨납니다.
나에게도 이런 고마운 분이 있습니다.
나를 끝까지 믿어 주시며 이해해 주셨던
부모님, 선생님, 친구들, 그리고 고마운 장모님…….
얼마나 감사하고 힘이 되던지요.

그 누군가가 불행한 삶에서 벗어나
새처럼 자유로운 인생을 살아갈 수 있도록
우리도 그를 있는 그대로의 모습으로
인정해 주고 알아봐 주는
그가 의지할 수 있는
마지막 한 사람으로 살아갈 수 있다면 참 좋겠습니다.

얇은 종이

사람들과 소소한 갈등을 겪으면
대부분의 사람들은 자신을 피해자로 생각합니다.
사람들은 자신이 보고 싶은 것만 보고,
듣고 싶은 것만 들으려는 이기적 경향이 있기에
상황을 늘 자신에게 유리한 쪽으로만 해석합니다.

자신이 원망하고 욕하는 상대방만큼이나
자신에게도 잘못이 있음을 잘 깨닫지 못합니다.
가족이라서, 친구라서, 동료라서
어쩔 수 없이 편들어 주는 사람들조차
다 아는 잘못을
정작 본인은 알지 못합니다.

자신은 남에게 상처 준 적 없다고 생각하지만
결만 맞으면 얇은 종이에도 손을 벨 수 있습니다.
얇은 종이도 피 나는 상처를 만들 수 있습니다.

여러 사람의 손에 상처를 내고도
스스로는 깨닫지 못하는
얇은 종이 같은 인격은 아니었는지
나 자신을 돌아보게 됩니다.

따뜻한 마음

36.5℃

자신의 체온을 유일한 온기로

겨울을 버티는 사람들이 있습니다.

온기 없는 차가운 방에,

등 맞대고 체온을 나눌 가족도 없이

홀로 겨울을 견뎌 내는 사람들이 있습니다.

문틈으로 들어오는 찬 바람에도 우린 호들갑을 떨지만

그 찬 바람 속에서 하루하루를 살아가는 사람들이 있습니다. 그래서 몸

보다 마음이 더 추운 사람들이 있습니다.

따뜻하게 데워진 이불 속을 파고들면서

문득, 몇 년 전 쌀을 전달하러 찾아간

독거노인의 차가운 방이 생각났습니다.

어쩌다 보니 우린

먼저 손 내미는 것이 어색한 세상에 살게 되었습니다.

자신의 힘든 상황만을 불평하며
이웃의 어려움에 대해서는 문을 닫고 살게 되었습니다.
시간도, 돈도, 마음도 늘 부족하다고 투덜대며
나눠 줄 것이 하나도 없는 사람처럼 살게 되었습니다.

하지만
우린 생각보다 가진 게 많은 사람입니다
우리가 누리는 따뜻함들이 얼마나 많은지 모릅니다.
매일 대하는 따뜻한 식사, 따뜻한 잠자리,
욕실의 따뜻한 온수, 여벌의 따뜻한 외투, 장갑, 신발…….
무엇보다 체온을 함께 나눌 따뜻한 가족이 그렇습니다.
이 평범해 보이는 것들이 누군가에게는
절대로 당연하게 주어지는 것이 아님을
우리는 자주 잊고 살아갑니다.

겨울은 체온만으로 버티기엔 너무 힘든 계절입니다.
우리가 가진 따뜻함 중에 지극히 작은 것이라도
함께 나누려는 마음의 실천이 필요합니다.
먼저 손 내밀어 상대의 시린 손을 잡아 주는
고마운 동행이 필요합니다.
홀로 겨울을 견디는 사람들의 지친 어깨를

감싸 주는 성숙한 배려가 필요합니다.

함께 따뜻한 겨울을 보낼 수 있도록

작은 마음이라도 열심히 나누었으면 좋겠습니다.

마음을 얻는 기술

가까운 사람들과
불편한 마음이 생겼을 때
서로의 마음을 다치지 않게
대화하는 기술은
운전면허보다도
우리 삶에 더 필요한 기술입니다.

무면허 운전이 위험하듯
마음을 얻는 기술이 부족한 삶은
늘 갈등과 사고의 연속입니다.

세상은 결코
내 마음대로 되지 않습니다.
억울한 일도 많고
분노할 일도 많습니다.
하지만

그때마다 담을 쌓고 고립을 선택할 순 없습니다.

우리 인생의 스토리는
매일 만나는 사람들과의 평범한 이야기로 채워집니다.
멋진 인생의 주인공이 되기 위해서는
매일 만나는 가까운 사람들과
지혜롭게 소통하는 연습을 열심히 하며 살아야 합니다.

많은 실수와 연습 끝에 운전면허증을 취득하듯이
경청과 공감, 비언어로 전달되는 메시지의 해석까지
까다로운 코스를 하나하나 성실히 배워
'마음을 얻는 기술 면허증'을
우리 모두가 취득할 수 있다면 좋겠습니다.

생활화된 경청

나의 이야기에 진지하게 귀 기울여 주는 상대가 있다는 건

참 다행스러운 일입니다.

낮은 목소리로,

조금은 어눌하게 지루한 이야기를 해도

넉넉한 마음으로 들어 주고 공감해 주는

누군가가 있다는 건

얼마나 고마운 일인지 모릅니다.

자신의 발언이 수용되지 못하리라는 불안은

자극적이고 도발적인 언어를 남발하게 합니다.

자신의 이야기가 수용되지 못한다고 느껴질 때

우리 목소리는 점점 커지고 또 거칠어집니다.

자신의 이야기를 알리고픈 SNS의 단어들은

그래서 참 자극적이고 도발적입니다.

솔직하긴 한데 언어의 품격을 찾기가 쉽지 않습니다.

우리 삶에서 점차 격조 있는 언어가 사라지는 건

진지하게 자신의 이야기에 귀 기울여 주는

상대가 없기 때문인지도 모릅니다.

서로의 이야기를 느긋하게 들어 주려는 사람이 없기에

말의 속도는 또 얼마나 빨라지고 압축되어 가는지 모릅니다.

옛 선인들이 누렸던 격조 있는 멋스러운 대화가

참 부럽기만 합니다.

한 사회의 품격은

그 사회 사람들이 사용하는 언어를 통해서 알 수 있습니다.

우리 모두가 좀 더 성숙한 경청의 자세로 살아간다면

부부간의 대화가,

교사와 학생의 대화가,

직장 동료들 간의 대화가,

낯선 사람들과의 일회적인 대화까지도

좀 더 품격 있는 언어로 채워지지 않을까요.

그래서 훨씬 더 깊은 소통으로 이어지지 않을까요.

생활화된 경청으로

나와 내 이웃의 언어를 품격 있게 만들어 가는

멋쟁이들이 우리 사회에 많아지길 소원합니다.

'안 하는 것'과 '못 하는 것'

건전지가 방전되어 버리면 잘 가던 시계도 멈춰 섭니다.
성능 좋은 자동차도 배터리가 방전되면 움직이지 않습니다.
아무리 작은 모임이라도 그 모임이 유지되기 위해서는
자동차 배터리와 같은 헌신적인 사람이 있기 마련입니다.
하지만 그도 한계가 있는 사람인지라 때론 배터리처럼
방전될 수도 있습니다.

'안 하는 것'과 '못 하는 것'은 다릅니다.
방전된 배터리는
제 기능을 '안 하는 것'이 아니라 '못 하는 것'입니다

누군가의 잘잘못을 따지기 전에는
그가 제 역할을 '안 하는 것'인지 '못 하는 것'인지를
찬찬히 살펴보아야 합니다.
당연히 그가 해야 할 일임에도 그 일을 제대로 못 하는
까닭이 어쩌면 죽을 만큼 힘이 들어 손을 놓고 있는

상태인지도 모르기 때문입니다.

자신의 에너지를 다 소진하여 배터리가 방전된 자동차처럼

퍼져 있는지도 모르기 때문입니다.

그러기에 무작정 책임을 묻는 건 지혜로운 처사가 아닙니다.

늘 희생하며 살아가는

엄마의 배터리가 방전되지는 않았는지,

늘 공부만 강요당했던

자녀의 배터리가 방전되지는 않았는지,

늘 궂은일을 도맡아 하던

며느리의 배터리가 방전되지는 않았는지,

서로에 대해 관심을 갖고 살펴보아야 합니다.

'안 하는 것'이 아니라

'못 하고 있는 것'이 아닌지 꼼꼼히 살펴보아야 합니다.

삶의 에너지가 방전되어 지쳐 쓰러져 있는

이웃을 발견한다면

"수고했다고, 고마웠다고, 이젠 좀 쉬어 가라고……."

따뜻한 위로의 말과 감사의 악수를 전할 줄 아는

철든 이웃으로 살아가기를 당부합니다.

엄마 사랑

완벽한 자녀가 없듯이
완벽한 엄마도 없습니다.

자식을 위해서는 어떤 희생도 감당할 수 있을 만큼
강해 보이는 엄마도
한때는 누군가의 소중한 딸이었으며
좋아하는 연예인의 사진을 모으던
철부지 소녀로 살던 시절이 있었습니다.

엄마는 무작정 희생해도 되는 사람이 아닙니다.
엄마는 늦은 밤 자녀를 무한정 기다려도 되는 사람이 아닙니다.
강한 척 살아가는 게 엄마의 진짜 모습은 아닙니다.
자식들의 덩치가 커질수록,
자식들의 자기주장의 목소리가 커질수록
자꾸만 두렵고, 작아지고, 초라해지는
엄마도 연약한 한 사람의 여성일 뿐입니다.

그런 엄마가 조금씩 늙어 가고 있습니다.

하나둘 아픈 곳들이 자꾸 늘어 가고 있습니다.

가족들의 무관심 속에

엄마는 당연히 집안의 궂은일들을 감당해야 하는

정해진 일군처럼 무시받으며

조금씩 허물어져 가고 있습니다.

예쁘고 보드랍던 엄마의 발은

굳은살과 각질로 덮여 이젠 거칠기만 합니다.

고단한 잠을 자는 엄마의 얼굴에도 세월의 흔적이 가득합니다.

자식이 완벽하지 않아도

엄마는 목숨 걸고 자식을 사랑하듯

엄마가 완벽하지 않아도

자식들도 이젠 엄마를 조건 없이 사랑해야 합니다.

어버이날 유치원에서 정성껏 접어 왔던

종이 카네이션 속에 담긴 순수한 감동과 사랑으로

고마운 엄마를 꼬옥 안아 주는 행복한 시간이

5월 중 우리 모두에게 있었으면 좋겠습니다.

마음의 상처

상처는 치료하면 낫습니다.
하지만 그 흉터는 지우기 어렵습니다.
마음의 상처는 더욱 그러합니다.

내가 유리한 입장에 서게 되더라도
나의 만족을 위해
남에게 상처 주는 사람이 되지 않도록
늘 애쓰며 살아야 합니다.

길지 않은 인생을 살며
누군가의 상처로 기억되는
인생은
그 자체가 상처입니다.

내가 준 상처는
반드시 나에게 다시 돌아온다는

평범한 진리를

결코 잊지 않는

현명한 사람이 많아지기를 기대합니다.

혼밥

인생길 혼자 가야 함은 이상한 일이 아닙니다.

간혹 내 마음 같은 고마운 사람을 만나 동행할 수 있다면

그건 행운과도 같은 드문 일이지 결코 당연한 일은 아닙니다.

예기치 않은 비를 만나 우산 없이 혼자 빗속을 걸어가게 되는 힘든 날에도 무너지지 않도록,

혼자만의 견고한 삶을 늘 준비하며 살아야 합니다.

멀리 있어 좋아 보이는 사람도

일상의 모습으로 같은 공간 안에서 1주만 살다 보면

실망과 분노로 돌아설 가능성이 클 텐데…….

누구라서 감히 서로의 부족을 온전히 채워 줄 수 있을까요.

사람에 대한 기대를 버린다는 건

참 서글프고 아픈 일이긴 하지만

한편으론 서로의 마음을 가볍게 하여

좀 더 쉽게 용서하며,

이해하며 살아가게 해 주는지도 모릅니다.

그러기에

인생길 혼자 가야 함을 깨닫는 것은

더 외로워지는 일이 아니라 더 지혜로워지는 일입니다.

사람들의 말과 행동에 덜 섭섭해하게 되고,

덜 원망케 되고,

간혹 만나는 따뜻한 정을

더욱 소중하게 여기며 그리워하게 되고,

다소 부족한 인생도 끌어안을 수 있는

여유를 가질 수 있게 해서

훨씬 더 감동적인 삶을 살게 해 줍니다.

혼밥, 혼영, 혼술이 점점 많아지는 세상에

인생 혼자임을 깨닫는 외로운 여행자들끼리는

서로 의지하며, 배려하며,

두고두고 사랑하며, 살아가야 합니다.

용서

미운 사람을 사랑하기는 참 어렵습니다.

그러나 미움을 포기할 수는 있습니다.

음식물 쓰레기를 안방이나 침실에 두는 사람이 없듯이

미움과 같은 우리 영혼의 쓰레기들도

당연히 밖에 내다 버려야 합니다.

버리면 내가 행복합니다.

손가락에 박힌 가시를 뽑아내듯

영혼에 박힌 가시를 뽑아내지 않을 이유가 없습니다.

미움과 분노는 가시와 같습니다.

미움과 분노와 증오는

쏜 사람에게 반드시 되돌아와 꽂히는

독 묻은 화살과 같습니다.

내 마음의 우물에 누군가가 오물을 버리고 가면

그 덕분에 모처럼 우물을 대청소할 수 있는

계기를 가지게 되었다고 생각한다면
한결 마음이 편해집니다.
힘은 들지만 그로 인해
전보다 훨씬 깨끗해진 새로운 우물을 소유하는
복된 삶이 주어집니다.

용서하는 삶이 행복한 삶입니다.
용서는 강자만이 누리는 특권입니다.

내 탓입니다

나도 기억하지 못하는

전날의 내 부끄러운 행동을 기억하고

그것으로 나를 판단하는 사람이 있을 수 있습니다.

반듯하고 온전한 모습으로만

사람들에게 기억되고 이해받고 싶지만

세상이 꼭 내 마음 같지만은 않습니다.

그건 오해라고,

그건 나의 진짜 모습이 아니라고 해명하고도 싶지만

그 오해의 부분도 정직한 내 모습의 일부임을 인정해야 합니다.

내 안에서 해결되지 못한 탐욕의 문제들이

다른 사람에게서 발견될 때

우리는 그 사람을 더 강하게 정죄하고 혐오하는

위선을 드러냅니다.

자신의 약점을 숨기기 위해

가장 보편적으로 사용하는 방법이

타인에 대한 비난이듯이…….

그래서

타인에 대한 비난이 많아진다는 건

자신의 약점들이 많아지고 있다는

또 다른 증거가 됩니다.

나는 그대로인데

세상이, 사람들이 변했다고 생각하기에

문제는 해결되지 않고

갈등의 골만 점점 깊어집니다.

내가 변했을 가능성이 많습니다.

오늘 내가 겪는 아픔들의 대부분은

전날의 순수함, 정직함, 겸손의 마음들을 잃어버린

옹졸한 내 탓일 경우가 훨씬 많습니다.

아픔의 이유가 같은 사람

아픔의 이유가 같은 사람을 만나면 왠지 반갑습니다.

남들에게 없는 짐을

나만 억울하게 지고 산다고 생각했는데

나와 같은 짐을 지고 사는 사람이 있다는 사실만으로

적잖은 위로를 얻습니다.

아픔의 이유가 같기에

서로의 아픔에 대해 길게 설명하지 않아도

쉽게 그 의미가 전달되어 답답하고 억울했던 마음이

많은 위로를 얻게 됩니다.

그래서

같은 병으로 입원한 병실 환자들끼리는 쉽게 친해집니다.

기쁨보다 아픔을 통해 서로를 이해할 수 있는 부분이

더 크다는 것을 알게 되면서

내게도 나눌 수 있는 아픔 있음이

때론 다행이란 생각이 듭니다.

내가 겪은 아픔이

누군가에게 위로가 될 수 있다는 사실이

조금은 감사하기까지 합니다.

아픔의 고개를 넘어온 사람의 손이

더 따뜻한 이유를

많이 아파 본 사람은 잘 압니다.

연약한 우리들

남은 인생 살아가는 동안

아픔의 이유가 같은 사람을 만나면

서로의 등을 따뜻이 두드려 주는

좋은 위로자로만 살았으면 좋겠습니다.

모쪼록 오늘의 아픔이

우리를 한 차원 높은 성숙의 세계로

인도하는 선한 동기로만 사용되면 좋겠습니다.

절제와 위선

욕망을 숨긴다는 측면에서 비슷해 보이기는 하지만
'절제'와 '위선'은 결코 같지 않습니다.
다른 사람을 위해 자신의 욕망을 참아 내는 것과
자신의 욕망을 위해 남을 속이는 것은 그 열매가 다르니까요.

'솔직한 것'과 '무례한 것'은 다릅니다.
남에게 피해를 주지 않기 위해 나를 드러내는 것과
남에게 피해가 가더라도 자신의 감정을 드러내는 것은
그 출발점이 다르니까요.

절제되지 못한 무례함으로
다른 사람들의 마음을 불편하게 하면서도
항상 자기만 정답을 갖고 사는 듯
큰 목소리로 떠드는 사람을 보면
화가 나기도 하지만 때론 불쌍하기도 합니다.
한 번뿐인 인생을 왜 저렇게 사나

안타깝기도 합니다.

점점 무례해지는
세상을 살아가면서
타인의 필요를 먼저 배려하는
낮은 목소리의 착한 이웃들이
자꾸만 그리워집니다.

불쌍한 아이

교사로서 정말 불쌍하다고 생각하는 학생은

공부 못 하는 아이도 아니고, 가난한 아이도 아니고,

키 작고 못생긴 아이도 아닙니다.

내가 정말 불쌍하다고 생각하는 아이는

항상 자신만이 옳다고 생각하는 아이.

다른 사람에게는 너무 쉽게 상처를 주면서도

자신이 입은 상처에는 불같이 화를 내는 아이.

내면의 인격을 다듬는 일에는 조금도 신경 쓰지 않으면서

명품 메이커로 외모 치장에만 열심인 아이.

학교에서 존경할 선생님을 한 명도 소유하지 못한 아이.

대화의 반 이상이 욕설로 이루어지는 아이.

사랑을 받아 보지 못해 어떻게 사랑하는지를 모르는 아이.

부모를 잘못 만나 예의를 배우지 못한 아이.

쓰레기를 아무 데나 버리는 데 한 번의 망설임도 하지 않는 양심이 죽은
아이.

결혼하면 틀림없이 아내를 구타하며 살 것 같은 아이.

어른들의 사악한 처세술을 마치 삶의 지혜인 것처럼 알고 살아가는 아이.

꿈이 없어 남의 꿈을 뺏고 살아가는 아이.

하루에 단 한 번도 하늘을 쳐다보지 않는 아이.

심장의 두근거림 한 번 없이 너무도 완벽하게 거짓말을 하는 아이.

웃으며 인사하는 것이 불가능할 정도로 안면 근육이 굳어 버린 아이.

일탈을 자유로, 반항을 용기로 착각하며 사는 아이.

부모의 고마움을 전혀 모르며 살아가는 아이.

너무 일찍 담배를 배워 버려 1,000m 달리기를 완주하지 못하는 폐가 망가진 아이.

사랑하는 사람에게 줄 한 번뿐인 순결을 낭비하여 거짓 외에는 줄 것이 없는 아이.

생명의 존엄성을 한 번도 생각해 보지 못한 아이.

봉사의 기쁨이 무엇인지 전혀 모르는 아이.

약속 시간을 어기는 것이 습관이 되어 남의 시간을 도둑질하는 아이

늘 강한 척하며 살아가지만 정작 영혼은 너무도 가난한 아이.

그 아이도 푸른 하늘처럼 맑은 웃음을 소유했던 시절이 있었을 텐데.

그 웃음으로 많은 사람을 행복하게 해 주던 순수의 시절이 있었을 텐데.

누구의 잘못으로 그 아이는 이렇듯 불쌍한 인생의 주인공으로 현재를 살아가고 있는 걸까요.

세상에 대한 증오와 차가운 냉소로 가득 찬 그 아이의 얼굴은 누구의 책

임일까요.

이 땅의 불쌍한 아이들, 그리고 지쳐만 가는 교사들.

모두 힘을 내어 함께 희망을 만들어 갈 수 있는 날은 어떻게 만들어 가야

하는 걸까요.

무너져 가는 교육 현장의 안타까운 소식 앞에

부족한 교사로서 자책만 깊어지는 무거운 밤입니다.

사람 보는 눈

사람을 보는 안목은

다양한 연애 경험으로부터 생기는 것이 아니라

자기 자신에 대한 올바른 이해로부터 생겨납니다.

착한 여자가 나쁜 남자를 만나서

혹은, 착한 남자가 나쁜 여자를 만나서 평생을 고생하며

사는 경우를 보면 마음이 참 안타깝습니다.

'사람 보는 눈'이 그렇게 없냐고 주위에선 핀잔을 주지만

그 '사람 보는 눈'이란 게 하루아침에

생겨나는 것이 아니기에 말처럼 쉽지가 않습니다.

자신에 대한 이해가 부족한 사람일수록

내면에 자신만의 견고한 기준이 준비되어 있지 않기에

타인의 평가에 쉽게 주눅 들거나

타인을 쉽게 의지하는 경향이 있습니다.

스스로 책임져야 할 인생의 비용에도

누군가 도와주지 않으면 그것을 결핍으로 생각하는

어린아이 같은 나약함에 머물러 있는 경우가 많습니다.

세상의 어떤 사람들보다

자기 자신을 알아 가는 데

우선적으로 시간과 노력을 투자해야 합니다.

자신에 대한 바른 이해에서 오는 자신감은

선한 삶을 살 수 있는 힘과 여유를 갖게 합니다.

시시때때로 변화는 대상에 의지하는 삶이 아니라

그 대상을 일관적으로 인식하는

'자기의식의 확립'을 위해 꾸준히 노력할 때

우린 비로소

사람을 보는 올바른 안목을 소유하게 될 것입니다.

성숙한 사회

"하나를 보면 열을 안다."는 말은 틀린 말일 가능성이 큽니다.

한 사람의 부분적 결함을 가지고 그 사람의 인격 전체를 부정하는 건 결

코 지혜로운 일이 아닙니다.

특히, 교사로서 학생을 대할 때

이 원칙을 적용하는 건 매우 위험한 일이 될 수 있습니다.

잘못된 하나를 발견했을 땐

잘못된 그 하나만을 지적해야지

잘하고 있는 다른 부분까지 싸잡아 비난하는 건

소중한 한 아이의 인생을 망치는

무서운 일이 될 수도 있습니다.

누리소통망이 활성화되면서

우린 다양한 사람들의 잘잘못들을 기사로 접하게 됩니다.

하지만 그 기사보다는 기사에 달린

저질스럽고 잔인한 댓글들이

오히려 우리를 더 실망케 하는 경우가 많습니다.

댓글을 보다 보면 우리 사회가

심한 중병에라도 걸린 것 같아 절로 한숨이 나옵니다.

분노에 찬 성난 이리 떼들이

먹잇감을 마구 물어뜯는 그런 느낌……

우리 사회가 어쩌다 이렇게 잔인하고 천박한 사회로

변해 버렸는지 마음 한편이 참 씁쓸해집니다.

부당한 권력으로 약자들에게 군림하면서

의도적으로 나쁜 짓을 한 어른들에게는 그렇다 치더라도,

아직 살아갈 날이 많은 젊고 어린 청춘들에 대한 비난은

좀 더 신중해야 하지 않을까 생각해 봅니다.

남의 잘못을 지적하고 비판하는 데에도 격이 필요합니다.

욕 얻어먹을 짓을 했다고

그렇게 잔인하게 욕하고 저주한다면

자신이 욕하는 사람보다 더 나은 것이 무엇일까요…….

앞뒤 재 보지 않고 실컷 욕이라도 해 주자는 식의 비판은

누구에게도 도움이 되지 않습니다.

사람은 누구나 지금의 모습보다 더 좋은 쪽으로

변할 수도 있고, 성장할 수도 있는 존재입니다.

한순간의 잘못으로 그 존재 자체를 부정하는 것은

정말 나쁜 일입니다.

우리 사회의 일부 철없는 사람들의 행태라 믿고 있지만
이제는 이런 마구잡이식 욕설과 비판에서 벗어나
우리 사회가 좀 더 품격 있는 성숙한 사회가 되었으면 좋겠습니다.
특히 성장하고 있는 청춘들에 대해서는
좀 더 너그러운 마음으로 다가가는 사회였으면 좋겠습니다.

열린 마음

섬에 사는 사람에게서 해는 바다에서 뜨고 바다로 집니다.

산골에 사는 사람에게서 해는 산에서 뜨고 산으로 집니다.

서로 살아가는 처지와 환경이 다르면 사람들은

저마다 다른 시각과 생활방식을 갖고 살아가게 됩니다.

사랑하는 방법도 다르고, 인사하는 방법도 다르고

식사하는 방법, 여행하는 방법,

돈 쓰는 방법, 자녀를 양육하는 방법도 다 다릅니다.

살아가다 누군가에게

섭섭한 말을 듣거나 속상한 일을 당할 때면

가시 돋친 대꾸로 바로 되돌려 주기 전에

그가 속한 환경과 처지를 한번 생각해 보는 것은 어떨까요?

혹시, 나와 다른 삶의 표현 방식이 가져온 오해는 아니었는지 생각해 보는 여유가 필요합니다.

우리 역시 자신만의 방식으로 살아가다 다른 사람에게

의도하지 않은 아픔과 불쾌감을 줄 때가 많으니까요…….

자신의 견해만이 정답이라고 생각하는 사람에게
성숙을 기대하긴 어렵습니다.
해는 바다에서 뜬다고 해도 정답이 될 수 있고,
산에서 뜬다고 해도 정답이 될 수 있습니다.

살아 보니 의도적으로 무례하고 교만한 사람들은
늘 소수였습니다.
대부분의 사람은 처지와 환경이 다르기에
나와 생각이 다른 사람들이었습니다.
그런데도 우린 서로를 너무 쉽게 적으로 만들어 버립니다.

나에 대한 타인들의 '불만'은 잘만 수용하면
내가 찾지 못한 좋은 '대안'이 될 수도 있습니다.
소통의 시대를 사는 우리에게 열린 마음은
그래서 소중한 삶의 자세입니다.

균형 감각

편식이 건강에 좋지 않듯이

편협한 사고는 마음을 병들게 합니다.

사고의 탄력성이 떨어져

사람들과의 감정 충돌이 많아지게 됩니다.

마음의 근육도 약해져 쉽게 절망하고 상처 받습니다.

수용과 이해는 사라지고 타인에 대한 비판과 지적만 많아집니다.

편식이 심한 사람과

즐겁게 식사하기가 어렵듯이

사고가 편협한 사람과

즐겁게 대화하기도 참 어렵습니다.

당연히 주위에 사람들이 없어집니다.

자기도 모르게 점점 고립되고 외톨이가 되어 갑니다.

마음에 들지 않는 사람

마음에 들지 않는 책

마음에 들지 않는 노래

마음에 들지 않는 신문

마음에 들지 않는 직업

마음에 들지 않는 지역

마음에 들지 않는 음식

마음에 들지 않는다고 이렇게 자꾸 담을 쌓아 가다 보면

그의 인생에 있어 '성숙'이란 먼 나라 이야기가 됩니다.

그렇다고 불의와도 타협하며 살라는 말은 아닙니다.

좁게 파서는 깊은 샘을 만들기가 어렵습니다.

자신이 잘 모르는 세계에도,

자신이 싫어하는 사람에게도

보석처럼 빛나는 귀한 진리들이

존재할 수 있음을 인정하고 마음을 열고 사는 것이 지혜로운 삶입니다.

균형감각이란 좌우 양극단의 중간에 정확히 서 있는

정적(靜的) 개념이 아니라

쉴 새 없이 좌우를 오가며 정답을 찾아가는

동적(動的) 개념이라는 말이 너무 가슴에 와닿습니다.

한 권의 책을 고를 때도,

새로운 사람과의 만남을 만들어 갈 때도,

편식하지 않는

균형 잡힌 인격으로 살아가기를

마음으로 다짐해 봅니다.

편견

편견은 대개 무지(無知)에서 시작됩니다.
무지(無知)로 인해 생긴 잘못된 편견에 사로잡혀
상대방을 함부로 비난하는 모습이 내게는 없는지
우린 자신을 자주 돌아보아야 합니다.

진보와 보수
영남과 호남
여당과 야당
부모와 자식
교사와 학생
남자와 여자
노동자와 자본가
기성세대와 청년세대

서로에 대한 편견으로 인해 우리 사회의 간격이 점점 벌어지고 있습니다.
왜곡된 거짓 정보에 의지하여 너무 쉽게 적이 됩니다.

그리곤 지나치리만큼 격렬한 단어들로 서로를 비난합니다.

한쪽으로 치우쳐만 가는 인터넷 논쟁을 보면 참담하기까지 합니다. 더 안타까운 건 그 비판의 근거들이 대부분 진실이 아니라는 데 있습니다.

같은 나라 국민이고,

같은 회사의 동료이고,

같은 학교의 구성원이고,

심지어 한 가족인데도 우린 여전히 서로에 대해 너무 무지합니다.

서로를 알아 가려는 진지한 탐색의 의지 자체가 별로 없습니다.

그 점에서는 언론조차도 너무 무책임합니다.

사람은 누구도 균질한 하나의 덩어리로 존재하지 않습니다.

보는 각도에 따라 빛깔과 모양이 달라지는

저마다의 섬세한 무늬를 가진 존재입니다.

경제관은 보수지만 교육관은 진보일 수 있는

다양한 사고(思考)가 가능한 인격체입니다.

한 가지 관점으로 싸잡아 평가할 수 있는 단순한 존재가 아닙니다.

상대방을 다 알고 있다는 잘못된 확신은 그래서 위험합니다.

오늘 우리 사회가 너무 거칠어지고 있습니다.

상대방을 비난하기 전에 나의 무지로부터 시작된

잘못된 편견은 없는지 먼저 돌아보는 성숙한 사회가 되었으면 좋겠습니다.

설사 싸우게 되더라도
우리 모두는 이 땅 대한민국에서 함께 살아야 할
운명 공동체임을, 한 가족임을 꼭 잊지 않았으면 좋겠습니다.

하지 말아야 할 것

할 수 있는 일과

할 수 없는 일을

구별하는 것도 중요하지만

할 수 있음에도

하지 말아야 할 것을

구별하는 것은 더욱 중요합니다.

자기 하고 싶은 대로 다 하며 사는 사람이

세상에 얼마나 될까요.

대부분의 평범한 사람들은

사랑하는 사람들을 위해

자신의 권리 한두 개는

포기하며 살아갑니다.

내 가족이 웃을 수 있도록,

내 친구가 조금 덜 미안해할 수 있도록,

때론 속상하고 섭섭하지만
하지 말아야 할 것들은
끝내 참아 내며 살아갑니다.

서로를 지켜 내기 위한
이런 희생과 배려의 마음이
오늘 우리를 웃게 만드는지도 모릅니다.

어쩌면 우리를 힘들게 하는 사람도
'나쁜' 사람이 아니라
'아픈' 사람일 수 있습니다.
그러기에 그를
'미움의 대상'이 아닌 '치료의 대상'으로 바라보는
긍휼의 마음이 우리에겐 필요합니다.

성급하게 내뱉어진 나의 말과 행동이
누군가의 마음을 아프게 하고 있지는 않은지
두려운 마음으로 오늘의 나를 되돌아보게 됩니다.

둘,

우린 '함께'
행복해야 합니다.

고마운 마음

징검다리를 딛고 물을 건너다
여기까지 이 무거운 돌을 옮겼을
누군가의 수고를 생각하게 됩니다.

험한 산 갈림길에 어김없이 존재하는
빨간 리본 이정표를 보며
이 높은 곳까지 올라와 이정표를 달아 준
누군가의 고마운 정성을 생각하게 됩니다.

돌아보면
세상엔 고마운 마음들로 가득합니다.
자신의 이익보다 이웃들의 행복을 위한
고마운 배려들이 삶의 곳곳에 가득합니다.

물을 건너다, 산을 오르다,
자신의 불편보다 뒷사람의 불편을 걱정하는
착한 마음들이

돌다리가 되기도 하고
빨간 리본이 되기도 합니다.

생활 속의 불편을 불평만 하는 이기적인 마음에서 벗어나
타인의 불편을 위해 수고하려는 착한 마음이
내게도 좀 생겼으면 좋겠습니다.

산속 정갈한 샘에서
맑은 물 값 없이 얻어 가듯
나도 누군가의 목마름을
값 없이 채워 주는 샘물처럼 살 수 있다면 좋겠습니다.

누가 봐주지 않아도
대가 없는 수고를, 이름 없는 봉사를
맘먹은 대로 실천할 수 있는
'차원 높은 자유'를 누리는 인생으로 산다면 좋겠습니다.

'하루'라는 고마운 선물도
이웃과 함께 나누며 살아가는
맘 착한 사람이고 싶습니다.
그리하여 묵직한 징검다리 한두 개는 남기고 가는
쓸모 있는 인생이고 싶습니다.

세상의 중심

우리 몸의 중심은 몸 중앙에 있는 배꼽이 아니라
내 몸의 '아픈 곳'이라는 이야기를 들었습니다.
참 공감이 가는 말이었습니다.

발가락을 다치면 온몸의 신경이 발가락으로 모여
발가락이 내 몸의 중심이 되고,
귀가 아프면 귀가 내 몸의 중심이 됩니다.
이런 원리로 열 손가락 중 가장 중요한 손가락도
아픈 손가락이 됩니다.

자기 몸이 아플 경우, 혹은 자기 가족이 아플 때는
아픈 곳이 우리 삶의 중심이 되는 원리가 적용되지만
가족의 영역을 넘어서는 아픔에 대해서는
이런 원리를 적용하지 못하는 것이
이기적 존재인 우리의 모습이기도 합니다.

고통 받는 사람이 있는 곳을 세상의 중심으로 생각하여

자신이 가진 역량을 온전히 쏟아부을 수 있는

성숙한 사람은 결코 많지 않습니다.

세상에서 가장 아픈 곳

인도 콜카타 빈민촌으로 간 테레사 수녀나,

아프리카 수단의 가난한 마을로 찾아간 이태석 신부님은

세상의 중심에서 살다간 위대하고도 행복한 사람들입니다.

독일의 산림 전문가 페터 볼레벤이 쓴

《나무수업 - 따로 또 같이 살기를 배우다》에 따르면

숲에서 운 좋게 햇빛 잘 받는 자리를 차지한 나무는

저 혼자 우뚝 자라지 않고 그렇지 못한 나무가 발육부전으로 뒤처지지

않도록 표 안 나게 땅 밑 뿌리를 통해 허약한 옆 나무들에게 자신의 영양

분을 나누어 준다고 합니다.

그렇게 해서 숲의 나무들은 서로의 높이를 맞추어 간다고 합니다. 옆 나

무의 성장을 침범하는 혼자만의 성장은 결국 숲 전체의 파멸로 이어져

결국, 자신도 성장할 수 없음을 나무들은 이미 잘 알고 있다고 합니다.

아픈 내 몸을 극진히 다루듯

아픈 내 이웃을 중요하게 생각하며 살아야 하는 이유도

결코, 이와 다르지 않습니다.

목소리 큰 사람보다

'아픔이 있는 곳'이 '세상의 중심'이 되어야 함을

잘 이해하는 사람들이

우리 사회에 더욱 많아졌으면 좋겠습니다.

따뜻한 밥이 되는 꿈

내 꿈은 의사입니다.
내 꿈은 공무원입니다.
내 꿈은 교사입니다.

'직업'을 '꿈'이라고 생각하고 사는 이 시대의 아이들.
좋은 직업을 통해 갖게 될 돈과 권력이
삶의 목표가 되어 버린 불행한 아이들.

자신의 존재가치를 발견할 틈도 없이
냉정한 경쟁의 장으로 내몰려
꿈꿀 기회조차 잃어버린 채
숨 가쁘게 살아가는 우리 아이들에게
자신만의 아름답고 소중한 꿈을 갖게 할 순 없을까요

배고픈 사람을 위해 따뜻한 밥이 되는 꿈.
목마른 사람을 위해 맑은 샘이 되는 꿈.

"사방 백 리 안에 굶어 죽는 자 없게 하라."라던
경주 최씨 가문의 가훈 같은
거룩한 부담감으로 채워진 조금은 묵직한 꿈.

우리 아이들의 가슴을 이런 꿈들로 뛰게 할 순 없을까요.
의사가 되는 것이 최종 꿈이 아니라
의사로서 실천되는 소중한 사명이
최종적인 꿈이 되게 할 순 없을까요.
연봉을 비교하는 것이 아니라
각자의 소명을 비교하는
성숙한 마음으로 살게 할 순 없을까요.
여전히 부자로 사는 것이
잘 사는 것처럼 여겨지는 잘못된 시대로부터
우리 아이들의 꿈을 빨리 옮겨 올 순 없을까요.

아이들의 이름 하나하나가
모두 희망의 이정표가 되는
멋진 나라를 함께 만들어 갈 순 없을까요.

타인의 아픔을 대하는 태도

영화를 끝까지 다 본 집단보다
영화를 중간에서 끝내 버린 집단이
시간이 지나도 그 영화 장면들을
더 오래 기억한다는 연구 결과가 있습니다.

완료되지 못한 욕구는 사라지지 않고
오히려 그 일에 더 집착하게 만들고
우리의 기억을 그 시간에 멈추게 합니다.

갑작스러운 사고로 사랑하는 사람을 잃게 되면
우리의 기억은 그 아픔의 시간에 멈추어 서 버립니다.
건장한 아들을 군대에서 사고로 잃은 어머니는
길거리 군복 차림의 청년을 대하기가 너무 힘이 듭니다.

부모님의 극심한 갈등과 이혼으로
가정의 따스함을 경험해 보지 못한 아이들에겐

해가 지는 저녁 시간이면 찾아오는 가슴 시린 공허가 있습니다.

마음먹은 대로 살 수 없는 세상에
우린 이렇게 연약한 모습으로 살아갑니다.
잊어야 함에도 잊을 수 없는,
떠나야 함에도 떠날 수 없는,
아픔의 자리, 아픔의 시간에 묶여
온 마음으로 아파하며 살아갑니다.

우리 사회가 타인의 아픔에 대해
좀 더 존중하고 배려하는 사회가 되었으면 좋겠습니다.
상대방의 아픔에 대한 이해의 노력 없이
자기 편한 대로 지적하고 평가하는 무례(無禮)는
줄여 갔으면 좋겠습니다.

어린 시절 부잣집, 우등생으로만 자라 온 사람이 교사가 되면 오히려 교
사로서 실패할 가능성이 많은 건
이런 아픔에 대한 공감 능력이 부족하기 때문인지도 모릅니다.

서로를 이해하는 가장 빠른 길은
서로의 아픔을 돌아보는 데서 시작됩니다.

연약한 우리들⋯⋯.

서로의 아픔을 돌아보고 보듬어 주는

좀 더 친절한 이웃으로 살아갈 수 있다면 참 좋겠습니다.

좋은 만남

좋은 재료일수록 본연의 맛을 살리려면
양념을 되도록 적게 사용해야 합니다.

좋은 만남도 마찬가지입니다.
상대방에게 '뭘 더 잘해 줄까?'보다는
'뭘 하지 말아야 할까?'를 고민하는 것이
서로의 관계를 더 견고하게 만들어 줍니다.

때론 양념 같은 화려한 이벤트나 선물도 필요하지만
평범한 일상에서 실천하는 세심한 이해와 배려에
사람들은 더 진한 감동을 받습니다.

상대방에 대한 이해의 노력 없이
자신만의 방식으로 기울인 '최선의 노력'은
오히려 갈등의 골을 더 깊게 만들 수 있습니다.

더 많은 것을 해 주려 노력하기보다

더 많이 이해하려는 노력이 선행될 때

우린 서로에게 선물 같은 존재로

살아갈 수 있을 겁니다.

보수와 진보

틀을 지키려는 사람도 있고
틀을 바꾸려는 사람도 있습니다.
삶의 방향은 다르지만
그렇다고 서로를 적(敵)이라고 할 수는 없습니다.

사회적 합의의 산물로 존재하는 현재의 틀을 인정하고
틀 안에서 주어진 역할을 최선을 다해 수행함으로써
사회 발전에 필요한 여러 가지 것들을 생산해 내는
노력은 그 나름대로 중요한 의미가 있습니다.
또한,
개인적 노력의 차원을 벗어나 존재하는
구조적이고 제도적인 모순을 발견해 내고
새로운 발전의 방향으로 틀을 수정하고 바꾸려는 노력도
존중받고 인정받아야 마땅합니다.
그래서
틀을 지키려는 사람은

틀을 바꾸려는 사람의 목소리에 귀 기울여야 하고

틀을 바꾸려는 사람은

틀을 지키려는 사람의 수고와 업적을 인정해 주어야 합니다.

자발적인 나눔과 약자에 대한 배려 없이

경쟁에 유리한 자리를 차지하고 자신만의 이익을 추구하는 이기적인 사람을

틀을 지키려는 사람의 대표라 말할 수는 없습니다.

또한, 기본적인 도덕성도 없이, 땀 흘리는 수고도 없이

이론과 실천이 동떨어진 위선적인 선동가가

틀을 바꾸려는 사람의 대표일 수도 없습니다.

마치 이런 사람들을

각 진영을 대표하는 사람으로 설정해 두고

서로를 비난하며 싸우는 것은 현명한 일이 아닙니다.

그것보다는 서로의 진심을 알아 가려는

이해의 노력과 상호 존중·신뢰가

더 중요하지 않을까 생각해 봅니다.

너무 쉽게 서로 적이 되는 오늘 한국사회의 모습이

참 안타깝기만 합니다.

하루 세끼의 식사를 직접 만들어 본 사람은 압니다.

평범한 하루 일상의 삶이

얼마나 많은 수고와 희생 위에 이루어지는지…….

매일의 삶이 얼마나 준엄한지…….

현실을 외면한 이념이 얼마나 무모한지…….

부디

서로의 목소리를 경청하는

열린 마음들이 이 땅에 더 많아졌으면 좋겠습니다.

사랑하는 일

땀 흘려 농사짓는 일이든지
큰 버스를 운전하는 일이든지
아픈 환자를 치료하는 일이든지
학생을 가르치는 일이든지
화장실 청소를 하는 일이든지
맛있는 빵을 굽는 일이든지…….

모든 사람이 힘들게 일하는 이유가
돈을 벌고, 먹고살기 위해 하는 건 맞지만
일하는 더욱 근본적인 이유는
사람을 사랑하는 것이어야 합니다.
우리가 하는 일로 인해
세상의 누군가가 좀 더 행복해질 수 있도록
사람을 사랑하는 것이
우리가 일하는 궁극적 목적이어야 합니다.
그 당연한 가치들을 너무 오래 잊고 살아온 탓에

오염된 농산물이 만들어지고,

빵소니 운전자가 나오고,

사람을 돈벌이의 수단으로 삼는 끔찍한 범죄들이

일상화된 불행한 시대를 살아가게 되었습니다.

사람을 사랑하는 것이

우리가 살아가는 가장 중요한 이유임을

우린 너무 오래 잊고 살아왔습니다.

우리 이웃의 아픈 마음을 위로할 수 있는

따뜻한 손이 우리에게 있음도

너무 오래 잊고 살아왔습니다.

혼자 빛나는 별은 없습니다.

서로의 빛을 반사하며 함께 빛나는 밤하늘의 별처럼

우리도 함께 빛나야 합니다.

나 혼자만의 행복은 없습니다.

서로를 행복하게 할 때 우리 각자의 삶도 행복해집니다.

사람을 사랑하는 것이

내 열심의 가장 중요한 이유였으면 좋겠습니다.

성숙한 독립

'독립'이란

스스로 알아서 자신의 생활을 영위할 수 있는

능력이기도 하지만,

누군가의 도움이 필요할 때는 도움을 요청할 줄 알고,

의지해야 할 때는

믿는 마음으로 상대방에게 의지할 수 있는 것이

성숙한 '독립'의 모습이 아닐까 생각해 봅니다.

당연히 누군가가 나에게 도움을 요청할 때면

기꺼이 도와주는 것을 전제로 하고서 말입니다.

도와 달라고 했다가

그에게 자칫 내 인생의 주도권을 내줄까 두려워

혼자서만 문제를 풀어 가려는 사람은

'독립'한 사람이 아니라 '고립'된 사람일 가능성이 큽니다.

혼자만의 경험과 느낌은

기억 속에서 쉽게 퇴색해 버립니다.

하지만 함께 나누는 기억은 추억이 되고 역사가 됩니다.

숨 막히는 아름다운 광경을 보거나,

좋은 노래를 듣거나,

가슴 따뜻한 일들을 경험할 때

함께 그 감동을 나눌 누군가가 없다면

우리의 삶도 쉽게 퇴색해 버리지 않을까요.

함께 가야 멀리 갈 수 있습니다.

서로를 의지하며 사랑하며 살아야 합니다.

도움을 주고, 또한 도움을 받으며 살아야 합니다.

인생은 그렇게 부대끼며 살아야 합니다.

'고립'이 강요되는 시대에

더불어 살아갈 줄 아는 성숙한 '독립'의 삶이

사랑하는 이웃들에게 더 많아지길 응원합니다.

성공의 방법

희생 없는 성공은 없습니다.
만약 우리가 희생하지 않고도
성공했다면 그건 우리보다
먼저 가서 희생한 그 누군가가 있었기 때문입니다.

만약 우리가 희생하고도
성공을 누리지 못한다면
뒤에 오는 사람이 우리의 희생에서
성공을 거둬들일 것입니다.

세상에 혼자의 힘으로 성공하는 사람은 아무도 없습니다.
그러기에 성공의 열매는 함께 나누어야 합니다.
그런데도 이 평범한 진리를 모르는 사람이
너무도 많습니다.

일의 성취가 자신만을 위한 것이 아니라

다른 사람을 돕는 나눔의 강물로 흘러갈 수 있다면

우리의 삶은 더하기의 삶이 아니라

곱하기의 삶을 살아갈 수 있을 겁니다.

성공의 목적도, 그 방법도

함께 행복할 수 있는 '나눔'의 삶에서 찾아가는

지혜로운 인생이기를 소원합니다.

사랑하는 방법

"좋은 친구를 사귀어야 한다."라고 가르치는 부모와
"좋은 친구가 되어 줘야 한다."라고 가르치는 부모의 차이.
어느 부모의 자녀가 더 행복한 삶을 살아가게 될까요?

요즘 우리 아이들은 다른 사람을 '사랑하는 방법'보다
다른 사람에게 '사랑받는 방법'을
더 많이 배우며 자라는 것 같습니다.
어릴 적부터 사랑받을 자격을 갖추기 위해
얼마나 애쓰며 사는지 모릅니다.
얼굴이 예뻐야 더 많은 사랑을 받을 수 있다는
왜곡된 생각은 이미 한국을 세계적인 성형 국가로
만들어 버렸습니다.
남들보다 뛰어난 능력을 갖추려는
자기 계발이 나쁜 것은 아니지만
그 출발점이 남과의 비교에서 시작되는 듯해
마음 한편이 참 씁쓸해집니다.

진정한 사랑은 조건을 전제로 하지 않습니다.

조건을 걸고 하는 희생이 희생일 수 없듯이

조건을 전제로 하는 사랑도 사랑일 수 없습니다.

조건을 갖추어야 사랑받을 수 있다고 생각하는 사람은

조건을 갖춘 사람만 사랑할 가능성이 큽니다.

그런 사랑은 오히려 서로를 불행하게 할 수도 있습니다.

우리 삶에 있어 정말 소중한 것은 거저 주어야 합니다.

값을 매기는 순간 그 가치가 퇴색해 버리기에

정말 소중한 것은 값 없이 거저 주어야 합니다.

아무리 과학이 발전해도

'피'는 인공적으로 만들 수 없습니다.

'피'는 살아 있는 사람의 몸 안에서만 만들어집니다.

그래서 생명을 유지하는 소중한 '피'를 나누는 방법을

우린 매혈(賣血)로 하지 않고 헌혈(獻血)로 실천합니다.

좋은 친구를 얻는 것도 복된 일이지만

좋은 친구가 되어 주는 것은 더욱 복된 일입니다.

"사랑하는 것은 사랑받느니보다 행복하느니라."라는

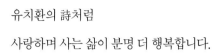

유치환의 詩처럼

사랑하며 사는 삶이 분명 더 행복합니다.

정상(正常)

도시를 떠나 자연 속의 맑은 공기를 마시게 되면
비로소 우리가 매일 마시는 도시의 공기가 얼마나 오염되었는지를 깨닫
게 됩니다.

언젠가 밭에서 직접 따서 먹은 수박 맛은
내가 알던 수박 맛과는 차원이 달랐습니다.
바다낚시에서 바로 잡아 소금 쳐서 구운 고등어 맛은
오랜 유통 과정을 거쳐 밥상에 오른 고등어 맛과는
비교할 수도 없었습니다.
대학 시절 지리산 정상에서 바라본 밤하늘에는
도시에서는 보이지 않던 엄청난 별들이
쏟아질 듯 많이 빛나고 있었습니다.

오염된 도시에 사는 우리들은 모르고 사는 것들이
참 많은 것 같습니다.
문명인으로 편하고 위생적으로 잘 살고 있는 것 같지만

사실 우린 본래의 맛과, 아름다움과 기쁨을

경험하지도 못한 채 비정상적으로 왜곡된 가짜들을

진짜인 양 착각하며 사는지도 모릅니다.

우리가 모르고 사는,

우리가 잃어버린,

우리가 지키지 못한

본래의 맛과 깨끗함, 아름다움들이

이 세상에는 얼마나 많을까요.

서울 어느 지역의 초등학생들은

생일 파티에 초대할 친구를 아파트 평수로 결정한다는

참 슬픈 이야기를 들은 적이 있습니다.

50평 아파트에 사는 아이는 50평 이상 사는 아이에게만 생일초대장을 준

다고 합니다.

재산, 학력 수준에 따라 사람을 사귀는 비정상적인 교육을

우리 아이들은 일찍부터 정상적인 것처럼 배워 가고 있습니다.

사랑함이 정상(正常)입니다.

함께 행복함이 정상(正常)입니다.

겸손함과 예의 바름이 정상(正常)입니다.

노약자에게 기꺼이 자리를 양보함이 정상(正常)입니다.

인간관계 속에서 정상(正常)을 경험해 볼 수 있는
도덕적 공동체가 점차 사라져 가는 것이
오늘 우리 사회의 큰 아픔입니다.

대단한 일이 아니더라도,
뒤따라 들어오는 사람을 위해 출입문을
몇 초간 잡아 주는 것만으로도
우린 '정상적인 인간관계'를
일상에서 충분히 경험할 수 있습니다.

잠깐의 양보 운전,
친절한 전화 응대,
진심이 담긴 인사 등등.
우리 이웃들에게, 그리고 자라나는 우리 아이들에게
'참다운 인간관계'의 모습을 보여 주고 가르칠 수 있도록 이런 작은 일부
터 시작해 보면 어떨까요.

非正常 적인 사람이 다수라 할지라도 正常의 편에 서서
본래의 맛, 깨끗함, 아름다움을 지켜 가는
착한 소수로 살아가는 고마운 분들께 감사를 드립니다.

건강한 공동체

건강한 공동체는

구성원 모두가 함께 노력하는 공동체입니다.

탁월한 한 명의 리더에 의해 유지되는 공동체는

쉽게 무너질 뿐만 아니라 부패하기도 쉽습니다.

역사 속에 단명한 영웅들이 그러하고

독재국가의 정치가 그러하고

교주화된 리더가 있는 종교단체가 그러합니다.

오늘 우리나라의 현실이 위급하고 어려워지니

많은 사람들이 이러한 혼란을 해결해 줄

강력한 지도자가 나타나기를 기다리는 것 같습니다.

하지만 이런 대중적 심리야말로

독재자를 키워 내는 잘못된 토양이 된다는 것을

역사는 우리에게 잘 가르쳐 주고 있습니다.

세종대왕의 위대한 업적도

집현전의 헌신적인 학자가 있었기에 가능했고
이순신 장군의 위대한 승리에도 목숨 걸고 싸워 준
수병들의 희생이 있었기에 가능했습니다.
어떤 역사에도 탁월한 영웅 혼자서 이룬 업적은 없습니다.

우리 사회에는 자기 생각만이 정답이라고 목청 높이는
잘못된 영웅들이 너무 많습니다.
또한, 영웅 아닌 사람을 자꾸 영웅으로 만들려는
한심한 사람들도 참 많이 있습니다.

'영웅이 필요한 시대'란
'불행한 시대'의 또 다른 표현이기도 합니다.
오늘 우리에게 필요한 건 영웅이 아니라
조직원들을 성숙한 연대로 묶어 내는
소통할 줄 아는 리더입니다.
구성원 각자에 대한 '비교'보다는 '존중'으로
공동체를 건강하게 세워 가는 리더입니다.
함께 함을 소중히 여길 줄 아는 리더입니다.

영웅 코스프레나 하는
껍데기들은 다 가라고 외치고 싶은 밤입니다.

사회적 성장

면접관: '고교 시절 기숙사 생활을 통해 배운 것이 뭐가 있나요?'

학생 1: '기숙사 생활을 통해 규칙적인 생활 습관을 갖게 되었습니다.'

학생 2: '양말 훔쳐 가는 친구, 심하게 코 고는 친구, 몰래 제 간식 먹는 친구들과도 담쌓지 않고 대화하며 서로의 입장을 이해하며 맞춰 사는 법을 배우게 되었습니다.'

어떤 학생의 대답이 대학 면접관의 마음을 움직였을까요?

규칙적 습관을 갖게 된 '개인적 성장을 이룬 사람'과

더불어 소통하며 살아가는 '사회적 성장을 이룬 사람' 중에.

아마도 학생 2의 대답이 면접관에겐 더 흡족했으리라 생각됩니다. 다양한 사회적 경험이 자신의 발전으로만 끝나지 않고 사회적 성과로 이어질 때 그 경험은 더 가치 있게 평가됩니다.

새로 산 신발과 옷이 더럽혀지지 않도록

깨끗하고 정결한 곳만 찾아다닌다면

옷과 신발은 깨끗하게 남겠지만

그건 옷과 신발이 필요한 본질적인 이유는 아닐 겁니다.

일하기 위해서, 사명을 감당하기 위해서는

옷이 더럽혀지고 찢어지는 한이 있어도

더러운 곳, 험한 곳에도

우리는 기꺼이 갈 수 있어야 합니다.

깨끗함을 유지하는 삶도 중요하지만

사명을 감당하는 삶은 더욱 중요합니다.

나 하나 착하게 사는 것으로 만족하는 삶은

반쪽 삶입니다.

착하게 사는 것도 중요하지만

우리 삶의 어둡고 힘든 영역에 대한 이해와 성찰을 통해

연약한 인생들을 서로 보듬어 안을 수 있는

온전한 삶을 이루어 가는 것은 더욱 의미 있는 일입니다.

"착하게 살기보다 온전하게 살아라."라는

어느 작가의 말이 목에 가시처럼 걸려

반쪽짜리 부족한 나의 삶을 자꾸 되돌아보게 됩니다.

편한 삶

'편한 삶'이라는 개념에 갇히게 되면

아주 작은 불편함조차 견딜 수 없게 됩니다.

이웃의 평범한 소음에도 예민해집니다.

가까운 친지의 방문도 불편해집니다.

방 안에 날아드는 작은 벌레 한 마리도

미움의 대상이 됩니다.

나의 편안함을 방해하는 모든 것들은

너무도 쉽게 적이 됩니다.

우리 존재가 불완전하기에

우리 삶은 처음부터 완전할 수 없음에도

자기만의 완벽한 자유나 편함을 추구하는 사람은

참 어리석은 사람이라는 생각이 듭니다.

생각해 보면 우리의 편함은

다른 누군가의 불편함에 의존합니다.

평범한 매일의 아침밥 속에도

달콤한 새벽잠을 포기한 어머니의 희생이 담겨 있듯이
한 사람이 편하기 위해서는
그 누군가는 그만큼 불편해야 하는 것이
우리네 일상입니다.

나이 먹어도 자신의 편함만 주장하는
어린아이 같은 사람이 생각보다 많습니다.
나의 편함을 양보하고
다른 사람을 위해 기꺼이 불편함을 감수할 수 있을 때
우린 조금씩 어른이 되어갑니다.
나로 인한 타인의 불편함을 돌아볼 줄 아는 마음이
우리를 성숙한 인격으로 만들어 갑니다.

인생살이 조금 불편한 것이 정상입니다.
나의 편함만을 고집하며 타인의 불편함을 강요하는 건
어린아이 같은 유치한 모습일 뿐 아니라
무거운 죄이기도 합니다.

오늘 나의 편함이
다른 누군가의 불편함을 근거로 하고 있지는 않은지
가까운 사람들과의 관계부터
먼저 돌아볼 줄 아는 성숙한 마음이 필요합니다.

함께 기뻐하기

어려울 때 외면하지 않고 도와주는

친구도 소중하지만

진짜 친구는

내가 정말로 잘되었을 때

진심으로 축하해 주고 함께 기뻐해 주는 사람입니다.

'배고픈 것'보다

'배 아픈 것' 참기가 더 어려운 게

평범한 우리네 심성이기에

연민과 동정보다

시기와 질투를 억제하는 것이

훨씬 더 어려운 일인지도 모릅니다.

내가 가진 것과 비교하지도 말고,

부족한 부분으로 비판하지도 말고

내 이웃의 성공과 발전에

진심에서 우러나오는 축하의 박수를 보내는

맘 착한 이웃으로 살도록 노력해야겠습니다.

그래서

나도 누군가의

진짜 친구가 될 수 있다면 참 좋겠습니다.

신뢰하는 사회

돈과 신용카드가 든 지갑을 길거리에 두었을 때

주인에게 돌아올 확률은 나라마다 다릅니다.

덴마크와 노르웨이에서는 100%로 주인에게 전달되었다는

어느 연구기관의 기사를 보며 참 부러웠습니다.

어리석어 보일 만큼 서로를 신뢰하는 사회적 분위기가

정말 부러웠습니다.

상대를 믿는다는 것은 상대를 존중한다는 뜻이고

서로를 존중하는 사회는 그만큼 행복한 사회라는 뜻이기도 합니다.

우리는 민족 간의 큰 전쟁을 경험한 나라입니다.

전쟁은 국민들에게 깊은 상처를 남깁니다.

특히 어린아이들에게는 더 큰 상처로 각인됩니다.

그 전쟁으로 인해 깊은 정신적 외상을 가슴에 새긴 아이들이 부모가 되어 2세대 이상의 자식을 길러 왔습니다.

정신적 외상을 입은 사람들의 전형적인 특징은 사람에 대한 불신입니다.

그리고 그 불신의 마음은 다음 세대로 계속해서 이어집니다. 한국전쟁

이후 세대가 세 번 바뀌었지만

전쟁을 경험한 할아버지 세대의 신뢰도에서 우린 크게 벗어나지 못하고 있습니다.

신뢰는 그만큼 쉽게 배워지는 게 아닙니다.

더 많은 성공과 소유를 위해 무한 경쟁하는 우리 국민들의 심리 밑바닥엔 참혹한 전쟁으로 인해 그 누구도 믿을 수 없었던 정신적 상처가 자리잡고 있는지 모릅니다.

자기 자신만을 믿을 수밖에 없었던 힘든 기억들이

더 많은 소유에 집착하는 살벌한 경쟁사회를 만들어 왔는지 모릅니다.

정치인에 대한 불신,

다른 지역 사람들에 대한 불신,

계층 간의 불신,

세대 간의 불신,

공직 사회에 대한 불신,

교사와 학생 간의 불신,

부모와 자식 간의 불신,

종교단체에 대한 불신 등등.

우리 사회는 이런저런 이유로 생겨난 불신으로 가득합니다.

이러한 불신은 자꾸만 우리를 불행하게 합니다.

대구에서 태어나 지역감정이 극심했던 80년대에 광주에서 군 생활을 했지만 그곳에서 난 너무 고맙고 아름다운 사람들을 많이 만날 수 있었습니다.

최소한 내게 있어 지역감정은 거짓말이었습니다.

이 땅에는 나쁜 정치인도 있지만, 박수를 보내고 싶은

훌륭한 정치인들도 많이 있습니다.

꼰대가 아닌 정말 훌륭한 어른들도 많이 있습니다.

정직하게 최선을 다하는 고마운 공직자들도 많이 있습니다.

평생을 희생과 봉사로 살아가는 숭고한 성직자들도 많이 있습니다.

학생을 자식처럼 가슴에 품고 가르치는 교사들도 많이 있습니다.

이제 함께 노력해서 우리 사회의 견고한 불신의 장벽을 걷어 낼 순 없을까요

자신만의 행복을 위해 선택한 경쟁과 불신의 길에서 돌아서서 서로의 행복을 위한 신뢰의 길로 나갈 수는 없을까요.

언젠가 천주교 단체에서 만들어서 자동차에 붙이고 다녔던 '내 탓이오'라는 스티커처럼

'당신을 신뢰합니다'라는 문구로 예쁜 스티커라도 만들어 자동차에 붙이고 다니면 어떨까요.

다른 사람을 믿지 못하면 자신도 신뢰를 얻지 못합니다.

신뢰받지 못했다는 느낌이 들면 뇌에서는 몸에 통증을

느낄 때와 똑같은 네트워크가 활성화된다고 합니다.

우리 모두가 이런 불행한 고통에서 벗어나

신뢰로 가득한 행복한 사회에서 살아갈 수 있다면 좋겠습니다.

우리 아이들이 신뢰 가득한 밝은 세상에서 자라 갔으면 정말 좋겠습니다.

누군가 먼저 시작해야 한다면,

우리가 먼저 시작하면 어떨까요.

행복 쪽으로

비가 오면 우산을 쓰듯
식사 후엔 양치를 하듯
우리의 생각과 행동도
행복에 도움이 되는 방향으로 선택되어야 합니다.
우산을 쓸 수 있는데
군이 비를 맞아가며 살 필요가 없습니다.

치과의사도 양치를 하지 않으면
충치가 생깁니다.
세상에 저절로 되는 것은 없습니다.
돈이 있다고,
명예가 있다고,
노후를 보장할 만한 안정된 보험이 있다고
행복이 저절로 생기지는 않습니다.

순간의 행복은 커피 한 잔으로도 가능하지만

행복을 오래 간직하기 위해서는

적극적인 노력과 투자가 필요합니다.

잘 만들어진 몸의 근육처럼

행복도 우리 인격과 정서의 일부가 될 수 있도록

꾸준히 만들어 가야 합니다.

생각만 하지 말고

행복할 수 있는 기회와 시간들을

적극적으로 만들어 가야 합니다.

그것이

여행을 가는 일이든

악기를 배우는 일이든

보고픈 친구를 찾아가는 일이든

어릴 적 살던 옛 동네를 찾아 추억을 더듬는 일이든

행복을 주는 것들과 더 많은 시간을 보내어야 합니다.

내가 사는 곳으로 자꾸 행복을 불러와야 합니다.

웃음이 힘든 날에도

우리 삶의 방향은 행복 쪽으로 향해져 있어야 합니다.

한 사람이 하품을 하면 옆 사람도 금방 하품을 따라 하듯

나의 행복한 미소도 옆 사람에게 쉽게 전염이 될 것입니다.

부디 우리 삶의 방향이 행복 쪽으로 열려 있어

서로에게 기쁨을 주는 행복 바이러스로만 살아가시길 응원합니다.

따뜻한 위로

'내 코가 석 자'일 땐

다른 사람의 처지를 돌아보기가 참 어렵습니다.

힘들고 어려운 이웃이 눈에 들어오지 않습니다.

그런데 막상 '내 코가 석 자'인 세월을 살아 보니

내 주위엔 나를 꾸준히 지켜봐 주며 걱정해 주는 사람이

의외로 많음을 알게 되었습니다.

많은 대화를 나눈 것도 아닌데

내 마음을 꿰뚫어 보는 듯한

따뜻한 위로와 권면을 건네는 고마운 분이 참 많았습니다.

어쩌면 그들에게도 '코가 석 자'인 시절이 있었기에

같은 처지의 이웃에게 공감과 위로의 마음을 갖게 되었는지도 모릅니다.

나 역시 지금은 정신없이 바쁘고 힘든

'코가 석 자'인 시간을 살아가고 있지만

이 시간이 지나가고

나에게도 인생의 여유가 조금 주어진다면

'코가 석 자'인 시간을 살아 본 사람으로서

내 이웃에게 맞는

깊고 따뜻한 공감의 말, 친절 하나

알뜰히 준비하였다가 나눠 주고 싶습니다.

설령 '코가 석 자'인 시간을 잘 이겨 내지 못해

내게 실패의 경험만 남았더라도

그 나름의 공감과 위로의 마음을 꼭 전하고 싶습니다.

때론, 성공한 사람의 훈계보다

실패한 사람의 고백이 더 감동적일 수 있으니까요.

저마다 자기만의 무거운 짐들이 있음에도

서로의 짐을 걱정하며 다독여 주시는

고마운 분들이 있기에

어느 詩人의 말처럼

인생은

참 행복한 소풍입니다.

참 고마운 선물입니다.

부부

부부는

같은 꿈을 꾸는 사람입니다

그 꿈을 함께 찾고

그렇게 찾은 꿈을

함께

만들어 가는 사람입니다.

그래서

결혼을 위해 준비해야 할

가장 소중한 예물은

변치 않는 다이아몬드 반지가 아니라

서로를 향한

변치 않는 신뢰와 사랑입니다.

오래될수록

더 소중해지는 사람,

더 든든해지는 사람,

더 편안한 사람,

결코,

먼저 떠나보낼 수 없는 사람.

아름다운 동행

부부입니다.

향기로운 인생

나이 들면서 사람의 얼굴을 관찰하는 버릇이 생겼습니다.

신기하리만치 그의 인격과 살아온 삶이

얼굴에 고스란히 나타남을 자주 발견합니다.

길거리에 담배꽁초를 함부로 버리는 사람의 얼굴은

거의 비슷합니다.

아무 곳에서나 주차하여 다른 사람에게 피해를 주고도

너무도 당당한 사람들의 얼굴에는

공통적인 특징이 있습니다.

요즈음은 사람의 목소리에 주목하게 되었습니다.

일평생 어떤 방식으로 사람들과 소통했는가가

그의 목소리에 그대로 드러납니다.

무례한 말투, 겸손치 못한 목소리,

거칠고 쇳소리 나는 높은 톤의 음성…….

일단 이런 목소리를 만나면

나도 모르게 마음을 살짝 닫게 됩니다.

선한 눈빛, 좋은 인상, 인자한 목소리는
돈으로 살 수 없습니다.
뿌린 대로 거두는 농사일과 우리네 삶은
크게 다르지 않습니다.

향기로운 인생으로 살아야 합니다.
조금은 손해 보며, 양보하면서
착한 사람으로 살아야 합니다.
그렇게 하루하루 쌓여 가는 정직한 세월이
맑은 얼굴과 부드러운 목소리를 만들어 갑니다.

부디 나의 노년은
맑은 얼굴, 맑은 목소리를 소유한 향기로운 인생으로
마감할 수 있기를 간절히 소원합니다.

존중하기

봄에 피는 꽃도 있고,
가을에 피는 꽃도 있지만
그 고유한 색깔과 향기를 비교하여
서열을 매기진 않습니다.

사람들도 저마다의 색깔과 향기가 있습니다.
꽃들을 서로 비교하여 귀천을 평가하지 않듯이
우리도 각자의 색깔과 향기를
서로 존중하며 살아야 합니다.

만나면 마음이 편해지는 사람들의 공통점은
비교하지 않는다는 것입니다.
자신의 색깔을 다른 사람에게 강요하지 않는다는 것입니다.

서로 다른 색깔을 가진 두 사람이 만나
하나의 색깔을 만들어 가는 것을

사랑이라 착각하는 사람들이 적지 않습니다.

사랑은 서로의 경계를 허무는 것이 아닙니다.
오히려 서로의 경계를 존중해 주고 지켜 주는 것입니다.

'다름'에 대한 서로의 인정과 존중이 있을 때
우리의 삶은 더욱 넉넉해지고
우리의 사랑은 한층 더 견고해질 것입니다.

샘 파는 사람

자신은 희생하지 않고

다른 사람의 수고에 슬쩍 얹혀서 혜택만 보려는

'무임승차'하려는 사람이 있는가 하면,

꼭 필요한 일이기에 다른 사람의 태도에 연연하지 않고

소신 있게 먼저 희생하는 사람도 있습니다.

"답답한 사람이 샘 판다."라는 속담이 있습니다.

그 답답함이란

바로 사랑의 마음에서 시작되는 것이 아닐까요.

자식을 사랑하기에

찬 겨울에도 새벽을 깨워 아침을 준비하는

엄마의 마음처럼…….

남 먼저 샘을 파는 사람은 어리석어서가 아니라

그 샘이 가진 높은 가치를

먼저 깨달았기 때문에

기꺼이 그 수고를 감당하는 것입니다.

용케 손해 보지 않고
요리조리 무임승차를 하며 편하게 살았다 한들
그 인생이 뭐 그리 행복할 수 있을까요.
차라리 자신을 희생하면서까지 사랑할 수 있는 대상을
많이 소유한 인생이 진정 행복한 인생이 아닐까요.

내가 속한 가정, 학교, 직장, 공동체 속에서
무임승차하며 비굴하게 사는 존재가 아니라
가슴으로 뜨겁게 사랑하며
당당하게 살아가는 우리였으면 좋겠습니다.

지금도 전방부대를 지키는 우리 아들들처럼
누군가의 따뜻한 저녁을 위해
차가운 겨울을 견디는 사람들이
우리 주위엔 여전히 많이 존재합니다.

공동체 가운데 누군가가 그 일을 해야 한다면
바보처럼 보이더라도,
너무 계산하지 말고,

우리가 먼저

샘을 파는 사람으로 살아갈 수 있으면 좋겠습니다.

우리 이웃들이 따뜻한 봄을 맞이할 수 있도록

기꺼이 차가운 겨울을 감당하는 사람으로

살아갈 수 있으면 좋겠습니다.

이 땅의 교사라면 더더욱 그러하면 좋겠습니다.

배워서 남 주는 세상

아내가 불행한데도 남편이 행복하다면
그 행복은 가짜입니다.
학생이 불행한데도 교사가 행복하다면
그 행복은 가짜입니다.
가까운 내 이웃이 불행하다면
오늘 나의 행복은 가짜입니다

이기심에 기반을 둔 잘못된 쾌락과 소유를
우린 행복으로 착각하며 사는 경우가 많습니다.
서로의 행복은 하나로 연결되어 있습니다.
함께 행복해야 그게 진짜 행복입니다.
남의 불행을 담보로 얻은 행복은
결국 자신에게도 불행으로 돌아옵니다.

오래가는 행복, 마음이 따뜻해지는 행복은
강자가 약자의 차별과 억압에

먼저 손 내밀 수 있는 사회에서 가능합니다.

불행한 사회에서 행복한 개인은 존재할 수 없습니다.

우리 사회가 이때껏 우리 아이들에게

정말 잘못 가르쳐 온 것 중의 하나가

경쟁에서 이긴 '승자 독식'의 가치입니다.

권력이 주어진다면 못된 정치인처럼 살 아이들을

우리 부모들이, 어른들이, 교사들이

지금도 길러 내고 있는지 모릅니다.

'배워서 남 주나'가 아닌

우린 기필코

'배워서 남 주는 세상'을

가르치고 또한 만들어 가야 합니다.

잘못 만들어진 가짜 행복에 물들지 않는

배워서 남 주는

건강한 대한민국을 함께 만들어 갔으면 좋겠습니다.

우산이 되어 준 사람

비가 그쳤다고
우산을 버리는 사람은 없습니다.

비 오는 날 우산이 되어 준
어제의 고마운 사람들을
오늘의 삶이 바쁘다는 이유로
너무 쉽게 잊어버리고 사는 것은 아닌지 반성케 됩니다.

많은 사람으로부터 사랑받고 사는 사람들의 공통점은
타인에 대한 '배려'를 잘한다는 것.
마음을 잘 쓰는 사람이라는 것.

세상 살아가다 보면
'머리' 잘 쓰는 것보다
'마음' 잘 쓰는 것이 더 중요함을 자주 깨닫게 됩니다.

비가 그쳤다고 우산을 버리는

어리석은 사람이 되지 않도록

우산이 되어 준 고마운 사람들에게

감사의 뜻을 마음에만 두지 말고

작은 정성으로라도 표현하며 살아가는

속 깊은 인생이고 싶습니다.

마을 공동체

'마을 공동체'를 경험하지 못하고 자라난 세대가
이제 우리 사회의 주류로 편입되어 갑니다.

마을의 힘든 일들은
새참을 나눠 먹으며 협력해서 함께하고
경조사를 당하면 가장 먼저 달려와 기쁨과 슬픔을 나누고,
마을에 뛰노는 아이들은 뉘 집 자식이라 할 것 없이 함께 걱정하며 돌
보고,
작은 부침개도 담 너머로 나눠 먹으며 정을 나누던
'마을 공동체' 시대에는
옆집에서 아무리 시끄러운 소리가 나도
그 소리가 왜, 어떻게 해서 나는지를 잘 알고 있기에
옆집의 소음에 대해 '시끄럽다'라고 느끼기보다는
'걱정스럽다'라고 느끼며 이웃의 안부를 염려했었습니다.
타인의 소음에 대해서 그렇게 너그럽던 시절이 있었습니다.

마을 공동체를 경험하지 못한 현대의 개인주의적 세대에게

옆집의 소음은 단지 짜증 나고 시끄러운 소리일 뿐입니다.

심지어 소음이 살인으로도 이어지는 무서운 시대가 되었습니다.

급격한 도시화와 산업화가 진행되면서

시대에 맞지 않는다고 '옛것'은 버렸는데

시대에 맞는 '새것'을 미처 만들지 못해서 생긴

정신의 황폐화를 오늘 우리는 아프게 경험하고 있습니다.

민주적인 성숙한 개인주의는 만들지 못하고

자신의 이익만 우선하는 이기주의가 우리 사회의 대세가 되어 버렸습니다.

언제부터인가 집으로 손님을 초대하는

정겨운 문화는 사라져 버리고

집을 지키는 자물쇠만 더 정교하게 발전하고 있습니다.

'마을 공동체'를 유지해 주던 견고한 정서는

엉뚱하게도 나이 차이로 상대방의 의견을 억누르는

왜곡된 모습으로만 남아 우리를 서글프게 합니다.

이러한 아노미(anomie)적 혼돈은 학교 현장에서

아이들을 통해서도 너무 쉽게 발견하게 됩니다.

언젠가 이 아이들이 우리 사회의 기성세대가 되면

우린 또 어떤 아픔과 혼란을 경험하게 될까

걱정이 앞섭니다.

교과서를 통해 배우는 문자적인

민주시민 공동체 교육으로는

이 혼동을 막기에 턱없이 부족하다는 생각이 듭니다.

더 늦기 전에 우리가 가진 모든 역량을 집중해서

공동체 구성원이 함께 행복하게 살 수 있는

성숙한 지배규범을 만들고, 정착시켜 가는 일에

최선을 다해 노력해야 합니다.

아니면, 모 TV 프로 진행자처럼

숟가락 하나씩 들고 '한 끼 줍쇼'를 외치며

이웃집의 닫힌 문을 두드려야 할지도 모르겠습니다.

믿는 도끼

우리의 발등을 아프게 내려찍는
'믿는 도끼'들로 온통 요란한 세상입니다.

착한 의도로 성실히 살았기에
믿고 존경했던 성직자, 정치인, 교수, 예능인들이
오늘은
아픈 도끼가 되어 우리를 놀라게 하고 있습니다.

자신이 남의 발등이나 찍는 불행한 도끼로 살 거라곤
생각도 못 했을 텐데…….
지금 그들은 왜 이렇게 불행한 모습으로
우리 앞에 서 있는 걸까요.

인간은 결코 믿음의 대상이 될 수 없음에도
감당치 못할 권력을 끝없이 탐하다가
스스로 무너져 간 그들의 모습을 보며

마음 한편이 참 쓸쓸해집니다.

절대 권력은 절대 부패할 수밖에 없는

인간 실존의 한계를 새삼 깨닫게 됩니다.

'Me Too' 운동으로 하루아침에 무너져 내린

사람들의 얼굴이 왠지 낯설지만은 않습니다.

은밀한 욕망을 숨기고 그럴듯하게 살아가지만

가면을 벗고 보면

매일의 삶 속에서 자주 만나게 되는 나의 민낯이

바로 그 얼굴이기에 그렇습니다.

한순간만 방심하면

우리도 누군가의 발등을 찍게 될 위험한 도끼일 뿐입니다.

그러기에 '믿었던 도끼들'에 대한 신랄한 비판 가운데

나를 향한 성찰과 비판도 함께 있었으면 좋겠습니다.

나는 믿을 수 있는 도끼라고

큰소리치지도 말고, 자랑하지도 말고,

지극히 작은 자의 삶도 존엄하게 여기는 인격이

내 속에 있는지부터 꼼꼼히 점검해 보아야 합니다.

때론 마음이 아프더라도

초심을 지켜 가는 치열한 자기반성을

결코, 놓쳐서는 안 될 것입니다.

남은 삶 동안 누군가의 발등을 찍는

위험한 도끼로 살지 않도록

오늘의 나를 두려운 마음으로 돌아봅니다.

우리의 이름은 '人間'입니다

어두운 밤길을 걸어가다 보면
지나가는 차량의 낯선 불빛도
고맙고 반갑기만 합니다.

나를 이끌어 주던 익숙한 빛이 꺼진 날에는
타인의 낯선 빛에도 의지하며 살아야 합니다.

서로 각자의 길을 걸어가는
낯선 인생처럼 보이지만
알고 보면 우린
수많은 삶의 교차를 거듭하며
서로에게 힘과 용기를 주는
남이 아닌
인간(人間)이란 이름으로 함께 살아가고 있습니다.

혼자서는 무서워 갈 수 없는 어두운 길도

둘이 되어 함께 가면

어둠은 더 이상 문제가 되지 않습니다.

어두운 길도 웃으며 갈 수 있습니다.

어린아이같이 연약한 존재일지라도

옆에 그저 있어 주는 것만으로

우린 누군가의 어둠을 이기는

든든한 힘이 될 수 있습니다.

그래서 우린

부지런히 둘이 되어

서로를 의지하며 살아야 합니다.

때론

이웃들에게 갚을 수 없는

사랑의 빚을 지고 살기도 하지만

살아가다

나의 도움이 필요한 사람을 만나게 되어

그 고마운 빚 다시 돌려줄 수 있다면

우린 또 누군가의

빛이 되는 행복을 누리며 살 수 있습니다.

서로의 어둠을 비춰 주는

빛으로 살 수 있는

우리의 이름은 '人間'입니다

그 고결한 이름에 맞게

우린 매일매일

사랑하고만 살아야 합니다.

무너진 도덕성

어릴 적 동네 싸움은 어느 한쪽이 코피가 터지면
끝이 났는데…….
요즘은 살려 달라고 빌어도 계속 때리고,
의식을 잃어 저항할 수 없는 사람의 얼굴을
발로 걷어차는 폭행까지 난무합니다.
인터넷에 떠도는 황당한 동영상 중에는
지하철 안에서 20대가 80대 노인 얼굴에
손가락질하며 쌍욕을 하는 것도 있고,
뒤차가 경적을 울렸다는 이유로
도로 한가운데서 공사장 삽까지 들고 와서
뒤차를 때려 부수는 것도 있습니다.

자신을 기분 나쁘게 하는 대상에게 행해지는
무차별적인 폭행을 '분노조절장애'라는
그럴듯한 병명으로 설명하려 하지만
그건 누가 뭐래도 병이 아니라 자기 성질대로 행한

못된 인간의 이기적 행동일 뿐입니다.

어느 시대에나 나쁜 인간들은 있었지만,

오늘처럼 이렇게 제멋대로 설치는 나쁜 인간들이

단체로 많았던 시대는 없었던 것 같습니다.

범죄 피해를 막기 위해 제작된 범죄 재구성 TV 프로가

의도하지 않게 청소년들에게 범죄 기법을 학습하는

결과를 가져온 것처럼 어쩌면 인터넷에 떠도는

비도덕적이고 폭력적인 동영상이

비도덕적 행동의 한계치를 자꾸 넓혀 가는 것은 아닌지

걱정이 됩니다.

'분노조절장애'라는 그럴듯한 명분에 의지해

'화나면 나도 저렇게 해도 되는구나.'를

학습하고 있는 것은 아닌지 염려가 됩니다.

기분 나쁘면 아무에게나 욕하고 폭력을 휘두르는

오늘 우리 사회가 너무 낯설고 두렵습니다.

살벌한 경쟁 속에 우리 아이들을 던져 놓고

이기적인 존재로 키워 온 우리 부모들이

이젠 비싼 청구서를 돌려받고 있는지도 모릅니다.

저녁 야간자습을 마치고 나갈 때 보여 주는 학부모들의

도덕의식은 거의 절망적입니다.

주차 질서는 간데없고 자기 자녀만 빨리 태워 나가겠다는

지독한 이기심에 교문 앞 주차 질서는 늘 엉망이 됩니다.

그런 부모를 보고 자라난 아이들에게 수준 높은 도덕성을 기대하는 것

자체가 무리인지 모릅니다.

비단 가정, 학교의 문제이겠습니까?

우리 모두의 책임입니다.

21세기 세계화 시대에 우리 대한민국의 경쟁력은 무엇이 되어야 할까요?

창의력에 바탕을 둔 첨단 기술, 진취적 개척 정신, 소통의 능력도 중요하

겠지만, 어리석게 들릴지 모르지만 나는 우리 대한민국의 경쟁력이 수준

높은 '도덕성'에서 나왔으면 좋겠습니다.

세계의 모든 국가가 한국 사람을 예의 바르고 도덕적인 사람으로 인정하

고, 한국 정치인의 말은 겉과 속이 다르지 않은 진실성이 있다고 인정하

고, 한국 기업의 회계장부는 깨끗하고 투명해서 거래함에 불안이 없다고

인정한다면,

이런 수준 높은 도덕성은 100개의 특허를 새로 등록하는 것보다 우리 사

회를 더 경쟁력 있는 사회로 만드는 것이라 확신합니다.

외국인들이 오는 식당에 "우리 식당에는 반찬을 재활용하지 않습니다."

라는 너무도 당연한 상식을 자랑처럼 게시해 놓는 황당하고 부끄러운 일

들은 이젠 제발 사라졌으면 좋겠습니다.

우리의 정신이 황폐해지고, 우리의 양심이 병들어 가고, 우리의 도덕성이 추락하여 땅바닥에 짓밟히고 있어도 아무도 아파하지 않는 오늘 우리 대한민국이 너무 안타깝습니다.

도덕성이 무너진 정의롭지 못한 나라가 역사에서 오래 지속할 수 없음을 우린 너무도 잘 알고 있습니다.

'수준 높은 도덕성'이 우리 사회의 가장 확실한 경쟁력이 되어 다시 한번 대한민국을 희망찬 나라로 만들어 갈 수 있기를 간절히 소원합니다.

관계의 결핍

권리가 지나치게 억압되던 독재 시절을 살아온 경험 탓인지 현재 우리 국민들의 일상적인 권리 행사의 모습을 보면
너무 과격하고 비인격적이라는 생각이 듭니다.
간혹 언론에 보도되는 사회적 약자들에 대한 갑질 행태를 보면 너무 화가 납니다.

자신의 권리를 행사함에도 지켜야 할 예의가 있습니다.
품격이 있습니다.
나의 권리 반대편에서 의무를 수행하는 사람이
나만큼 귀한 존재이기 때문이기도 하지만,
잘못된 권리 사용은 반드시
나에게 무거운 의무로 다시 되돌아오기 때문입니다.

사회는 수많은 관계로 연결되어 있기에
우리가 한 무례한 말과 행동은 없어지지 않고
자신에게로 다시 돌아오게 됩니다.

우리 사회의 인간관계는 3.5명 정도의 사람만 거치게 되면
서로 아는 사람을 만나게 된다는 연구 결과도 있습니다.
낯선 사람이라고 함부로 대할 만큼
우리 사회가 생각보단 그리 크지 않습니다.

평생 '갑'의 입장에만 서서 무례한 삶을 살던
기업인, 정치인, 예술인들이 요즘 들어
형사 법정의 피고인으로 서는 경우가 많아졌습니다.
그들의 표정과 말투만 봐도 그들이 살아온 삶이
어떠했는지를 쉽게 유추할 수 있을 것 같습니다.
정상의 자리에서 쉽게 무너지는 사람들은
어떤 외부적 요소보다는
자신의 부족한 인격 때문에 무너지는 경우가 대부분입니다.

어떤 결핍보다 우리를 불행하게 하는 것은
관계의 결핍입니다.
상대편을 배려하는 성숙한 권리 행사를 통해
고마움으로 기억되는 좋은 관계를 많이 만들어 갈 때
우리의 삶은 행복 편에 더 가까이 다가가게 될 것입니다.

행복은 2인용

배워서 남 주는 사람들이 있습니다.

사촌이 땅을 사면 함께 기뻐하는 사람들이 있습니다.

잡은 물고기에게 더 좋은 것을 주는 사람들이 있습니다.

세상의 방식과는 다르게 사는 용기 있는 사람들이 있습니다.

본래 우리는 이기적이고 나약한 존재이기에

이렇게 살기가 쉽지 않습니다. 거의 불가능합니다.

그럼에도 이런 삶을 살아가는 사람들이 존재하는 이유는

역설적이게도 그 사람들은

인간이 이기적이고 나약한 존재임을 잘 알기 때문입니다.

불리한 상황에 부닥치면 거짓말을 해서라도

위기를 모면하려 하는 연약한 존재라는 걸 이해하기 때문입니다.

'인간 한계'의 의미를

서로의 '이기적'인 모습을 비난하는 것에 적용하기보다

서로의 '나약한' 모습을 보듬는 것에 적용하였기 때문입니다.

'너'라는 대상이 존재함으로써 '나'라는 주체가 완성되는

人間으로서의 우리는

수많은 관계 속에서 서로 부대끼며 살 수밖에 없습니다.

맘에 들지 않는다고 담을 쌓고 혼자서만 살 수는 없습니다.

'1인용'으로 만들어진 인생은 처음부터 없습니다.

혼자만의 행복도 결코 없습니다.

행복은 '너'와 함께 누리는 '2인용'일 때 비로소 완전해집니다.

그러기에

'나'를 완성시켜 주는 고마운 '너'에 대한 이해와 배려는

손해 보는 일도, 희생하는 일도, 자랑할 일도 아닙니다.

'인간 한계'를 바르게 이해한 지혜로운 사람의 당연한 모습입니다.

나에게만 좋은 선택이 아니라

남에게도 좋은 선택이 될 수 있도록

매일의 평범한 선택에도 배려와 존중의 양념을

첨가할 수 있어야 합니다.

배워서 남 주는 선택,

타인의 성공을 함께 기뻐하는 선택,

가까이 있어 고마운 이웃들을 더욱 귀히 여기는 선택을

열심히 실천하며 살아야 합니다.

찌르는 가시 같은 인격으로

자신도 타인도 불행하게 만들며 사는

비인간(非人間)적인 삶을 이젠 멈추어야 합니다.

행복을 '1인용'으로만 사용하는

어리석은 삶에서 이제 우린 돌아서야 합니다.

명절 보내기

즐거워야 할 명절에 오히려 많은 불협화음이
가까운 사람과의 관계에서 발생합니다.

좋은 아들이고 싶고,

좋은 남편이고 싶고,

좋은 아버지이고 싶고,

좋은 사위이고 싶고,

좋은 동생이고 싶지만

명절을 보내는 동안

이 모든 역할을 완벽하게 소화하기는 거의 불가능합니다.

좋은 아들이고 싶은 마음은

좋은 남편의 역할과 충돌할 수 있습니다.

좋은 사위이고 싶은 마음은

좋은 동생의 역할과 충돌할 수 있습니다.

무던히 애는 쓰지만 모두를 만족시키기는 참 어렵습니다.
저마다의 입장이 우선이기에
내 수고를 인정받기가 그리 쉽지는 않습니다.

그럴수록 혼자 너무 많은 것을 책임지려 하지 말고,
서운한 마음에 너무 자책하지도 말고,
백 점은 아니지만 나름 애쓴 스스로를 다독이며
마음의 여유를 잃지 않도록 노력하여야 합니다.

착한 아내, 착한 며느리, 착한 딸, 착한 엄마, 착한 언니이고 싶은 상대편
의 마음 또한 나와 크게 다르지 않음을 이해하고 그 수고를 먼저 알아봐
주는 세심한 배려도 잊지 않았으면 좋겠습니다.

힘들어도 우린 옳은 길로 가야 합니다.
나를 섭섭하게 하는 상대에게 그대로 갚아 주겠다는 식의
잘못된 길로는 가지 말아야 합니다.
나무가 열매로 평가받듯이
시간이 지나면 나의 진심도 좋은 열매로 맺힐 것입니다.

성급한 감정 대립으로 나의 명절도 망치고
사랑하는 가족의 명절도 망치는 어리석은 행동은

최선을 다해 줄여 가야 합니다.

진심을 담은 따뜻한 격려와 위로가 넘치는
행복한 명절이 될 수 있도록
"서로 좀 봐주며 살면 어떨까요?"

셋.

사랑은 '감정'이 아니라
'의지'입니다.

눈먼 사랑

일본의 어느 가정에

홀로 된 시아버지를 모시기 싫어하는 아내가 있었습니다.

외아들인 남편은 아내의 계속된 호소에

결국, 아버지와의 별거를 선택했습니다.

얼마 후 장모가 암에 걸렸습니다.

안타깝게도 남편은 내가 아버지를 버린 이상

장모와 함께 살 수 없다고 강경하게 나왔습니다.

아들 내외에게 버림받은 상실감을 갖고 사는 아버지.

암에 걸려도 병문안을 오지 않는 사위를 증오하는 장모.

서로에게 섭섭한 마음만 키워 가는 남편과 아내.

좀 더 행복해지려고 한 선택이 오히려 모두를 지옥에 살게 했습니다.

사랑하는 이의 행복을 위해 나를 희생하는 성실이

실종되었을 때 우리의 모습도 이러할 것입니다.

사랑은 기꺼이 그의 아픔을 이해하고 용납할 때

비로소 완성됩니다.

우리가 부족하고, 연약하기에 사랑이 필요하고

그래서 사랑은 소중한 것일 텐데.

좋은 날만 함께 하는 사람을 누가 사랑이라고 하겠습니까.

궂은 날에 내 곁에 남아 함께 아픔을 보듬어 주는 사람이

진정한 사랑이 아닐까요.

오늘 우리 사회엔 가볍고 이기적인 사랑이 너무 많습니다.

자신을 희생하려는 성실함이 없는 눈먼 사랑은

또 다른 인생의 무거운 짐일 뿐입니다.

사랑은 '감정'이 아니라 '의지'임을

우린 얼마나 알고 살아갈까요.

시작은 언제나 옳습니다

영어 쓸 일도 없는데
뭐 하러 영어를 배워야 하냐고 말하는 사람도
영어를 배우게 되면 영어 쓸 일이 생깁니다.
요리를 배우면 요리할 일이 생기고
악기를 배우면 연주할 일이 생깁니다.
파티드레스를 장만해 놓으면
파티에 갈 일이 생기듯…….

내가 준비되면
생각지도 못한 기회들이 나를 찾아옵니다.
처음은 다소 어설프고 힘들지라도
새로운 시작은 언제나 옳습니다.

도시의 바쁜 일상에 쫓기어 살면서
우린 너무 많은 꿈들을 포기하며
살아가는 것 같습니다.

그럴듯한 많은 합리적인 이유를 제시하며

어릴 적 꿈들을 하나둘 거세하며 사는 것이

마치 성숙한 어른의 삶을 사는 것으로

착각하며 살아온 것은 아닌지요.

자신만의 고유한 일과 영역을 소유한 사람이

아름다운 외모를 소유한 사람보다 훨씬 매력적입니다.

자신만의 구별되는 영역을 소유한 사람들은

그래서 많은 사람에게 사랑받는지도 모릅니다.

일등이 아니어도, 서툴러도 괜찮습니다.

자신을 제한하지 말고

새로운 일에 도전해 볼 수 있기를 권유합니다.

자신이 좋아하는 일이 있다는 것,

남들과 구별되는 자신만의 향기와 빛깔을

소유하며 산다는 것은

생각만으로도 얼마나 가슴 설레는 일인지요……

아내가 별로 탐탁지 않게 생각하여 타박을 주는

나의 버킷리스트(Bucket list) 항목들도

적어도 나에게는 가슴을 뛰게 하는 삶의 행복한 이유입니다.

결코 거창하지도 않은 소박한 내용이지만……

시작은 언제나 옳습니다.

새로운 삶의 영역에 도전할 수 있는

이유를 발견하며 사는 한,

우리는 언제나 행복한 청춘입니다.

꽃 피는 이유

꽃이 있어 열매가 존재합니다.

그 열매로 인해 씨앗이 남습니다.

그 씨앗으로 생명이 이어집니다.

척박한 땅에서도 최선을 다해 피는 꽃은 감동입니다.

아니, 감동을 넘어서는 준엄한 교훈입니다.

당연하게 피는 꽃은 없습니다.

모두 다 목숨 걸고 피어납니다.

마지막 힘 다해 악착같이 피어납니다.

나약한 꽃은 처음부터 없습니다.

씨앗에 담긴 생명의 힘 그대로

더러운 곳, 추한 곳

장소 가리지 않고

맑은 얼굴로

후회 없이 최선을 다해 피어납니다.

설사 열매 없이 죽을지도 모를 메마른 땅일지라도

그 운명을 미리 염려해

피어나기를 주저하는 꽃은 없습니다.

들꽃 앞에 서고 보니

쉽게 환경을 탓하는 내가 많이

부끄러워집니다.

Seize the day

일상의 삶을 가볍게 볼 만큼
내 꿈이 너무 크지 않았으면 좋겠습니다.
평범한 하루가 주는
소소한 감격을 느끼지 못할 만큼
내 삶의 목표가 너무 높지 않았으면 좋겠습니다.

미래만 추구하다
현재의 나를 잃어버리지 않도록
오늘 하루를 좀 더 사랑하며 살아야겠습니다.

행복은 어쩌면
만들어 가는 것이 아니라
발견하는 것인지도 모릅니다.

오늘 하루가 최상의 날이 아니었더라도
일상의 작은 것에서도 속 깊은 의미를 발견하고

감사하며 살 수 있다면
평범한 하루 속에
천국은 이미 존재하는지도 모릅니다.

내팽개쳐 버리고 싶은 힘든 하루도
죽음을 앞에 두고 생각해 보면
너무도 귀한 선물일 텐데…….

현실을 눈멀게 하는 꿈은 위험합니다.

내 꿈이 너무 커서
정작 중요한 오늘의 삶을 낭비하며 살지 않기를,

이루지 못한 꿈의 노예가 되어
미래의 '나'를 위해
오늘의 '나'를 희생하며 살지 않기를,

내게 주어진
오늘 하루가 가장 귀한 선물임을 알아
더 뜨겁게 끌어안고 살아갈 수 있기를 소망합니다.

평범한 일상의 삶이

문득

아름다운 축복처럼 다가오는

예기치 못한 깨달음이 그저 감사한 하루입니다.

가족

가족은 진주 목걸이와 같습니다.
많은 진주 중 하나만 깨어져 있어도
전체 목걸이의 아름다움은 사라져 버립니다.

나의 행복은 가족의 행복과 연결되어 있습니다.
아내가 행복해야 남편이 행복할 수 있습니다.
자녀가 불행한데 부모가 행복할 수 있을까요.
그러기에
가족의 행복을 가꾸는 것이 자신의 행복을 키워 가는
최선의 방법이 됩니다.

가까이 있기에 자칫 소홀해지기 쉬운 게 가족입니다.
아내를 혹은 자녀를 힘들게 하는
잘못된 습관들이 있다면 과감히 고쳐야 합니다.
내 입장만 고집하지 말고,
사랑이라는 이유로 구속하지도 말고,

남과 비교하며 책망하지도 말고,
'너를 위해 내가 이렇게 희생한다.'라고
부담 주지도 말고, 끝까지 믿고 기다려 주는
마지막 한 사람으로 살아가야 합니다.

은행 통장에 잔고를 늘려 가는 것보다
가족과 함께 보낸 행복한 추억들을 저축하지 않아
훗날 꺼내 쓸 행복 잔고가 부족하다면
그것이야말로 진정 가난한 삶입니다.

노래하는 새

맹금류 같은

대부분의 큰 새들은 노래하지 못합니다.

예쁘고 아름다운 소리로 노래하는 새들은

대체로 작은 새들입니다

TV에 자주 등장하는 권력자, 재벌가의 얼굴은

맹금류와 많이 닮았습니다.

밝은 미소와는 거리가 먼, 어두운 얼굴들이 많습니다.

예쁜 노래와는 거리가 먼, 참 무뚝뚝한 표정들입니다.

크고 강한 사람이 되는 것도 좋은 일이겠지만

작은 것에서도 감사할 수 있는 가난한 마음을

소유하며 사는 것은 더 좋은 일이 아닐까요.

물질적인 소유로 인생의 만족감을 채워 가기 위해서는

점점 더 그 강도를 높여 가야 하지만

정신적 성숙을 통해 인생의 만족감을 채워 가는 사람은
점점 더 작은 것으로도 감사하며 살아갈 수 있습니다.

노래할 수 없는 큰 새로 살기보다는
노래할 수 있는 작은 새로 살아
인생의 작은 행복도 알뜰히 누리며 살아가는
복된 인생이길 간절히 소원합니다.

실력

정직하지만 실력이 없는 의사.

실력은 있지만 정직하지 않는 의사.

수술을 해야 한다면 둘 중 누구에게 내 몸을 맡기게 될까요.

그래도 실력 있는 의사가 아닐까요.

대부분의 사람들은 정직하지 못했음에 대해서는

예민하게 죄책감을 느끼지만, 실력 없음에 대해서는

그다지 죄책감을 느끼며 살지 않습니다.

충분한 기회가 주어졌음에도 나의 불성실로 실력을 키우지 못했다면 그

건 정직하지 않은 것만큼이나 나쁜 일이라는 생각이 듭니다.

교사, 공무원, 정치인, 운동선수, 혹은 이발사, 요리사, 목회자까지 누구

라도 실력 없이 자기 일을 한다는 건

죄책감을 느껴야 할 나쁜 일이 아닐까요?

실력 없는 이발사가 깎은 머리는 상상하기도 싫습니다.

그렇다고 실력만 있으면 정직하지 않아도 된다는 말은

결코 아닙니다.

정직만큼이나 실력을 키우기 위해 노력하는 것도

중요하다는 의미입니다.

공부하지 않고 나이만 먹으면

실력은 줄고 고집만 늘어 갑니다.

부디 남은 날 동안 고집 센 교사가 아닌

실력 있는 교사로 늙어 갈 수 있도록

작은 걸음이라도 부지런히 재촉하는

성실한 인생이고 싶습니다.

손해 보는 인생

"이렇게 장사해서 뭐 남는 게 있겠나?"
식당 사장이 이런 생각을 하면서 장사한다면
그 가게는 망할 가능성이 크지만
드나드는 손님들이 이런 생각을 한다면
그 가게는 대박 날 가능성이 큽니다.
똑같은 생각이지만 누가 하느냐에 따라
그 결과는 이렇게 달라질 수 있습니다.

'나만 괜히 손해 보고 사는 것 아냐?'
대부분의 사람들은 이런 생각으로
자신만을 걱정하며 살아가지만
세상엔 남다른 수고와 선행을 베풀며
손해 보고 사는 사람들도 꽤 많이 있습니다.
그 사람들은 과연 어리석은 사람일까요?

손해 보며 사는 것을 아무도 모를 것 같지만

사실 우리 모두는 그의 선행을 잘 알고 있습니다.

이웃들의 행복을 위해 희생하며 손해 보며 사는

선한 사람들의 그윽한 향기는 누구나 다 맡을 수 있습니다.

이기적인 세상과 구별되는 그의 향기는 너무도 강렬하기에 그렇습니다.

그리고 우린 그를 함께 걱정해 줍니다.

걱정해 줄 뿐만 아니라 그를 존경하기 시작합니다.

그를 바라보는 사람들의 눈빛이 달라지고

그의 말은 사람들에게서 점점 더 힘을 얻게 됩니다.

손해 보고 사는 그의 인생은 망하지 않고

오히려 맛있는 인생, 향기로운 인생, 위대한 인생으로

성장해 갑니다.

다른 사람들이 걱정해 줄 수 있을 만큼

이웃을 위해 양보하며, 배려하며 사는 인생이

결코, 손해 보는 인생이 아님을

나이 들수록 더욱 분명하게 깨닫게 됩니다.

절망으로 인한 희망

인간에 대한 절망이
역설적으로 희망을 꿈꾸게 합니다.

인간에게서 온전한 희생이란
도무지 기대할 수 없는 것임을 깨달으며
사람을 용서하는 것이 조금 쉬워졌습니다.

억울한 일을 당하면
늘 내가 선량한 피해자라고 생각하던 모습에서
일정 부분 내가 오히려 가해자임을 인정하는 것이
조금 쉬워졌습니다.

의도하지 않아도
사람들에게 상처를 주고 살 수밖에 없는
존재의 한계를 인정하며
겸손을 좀 더 쉽게 배우게 되었습니다.

숨기고픈 내 이웃의 부끄러운 상처들은

비판의 조건이 아니라

사랑의 조건이어야 함을 깨달아 갑니다.

선한 것 하나 없는

부끄러운 내 모습을

있는 그대로 사랑해 주신

그분의 목자 되심이

한없이 고맙고 감사합니다.

가벼운 결심

미국 사는 한 할머니 이야기입니다.

손자가 코 묻은 용돈을 모아 할머니에게 운동화를 선물했습니다. 70세가 넘은 할머니는 운동화를 자랑하고 싶어 어쩔 줄 몰랐습니다.

친구가 사는 동네까지 자랑하러 걸어가 볼까 하여 시작된 외출이 아메리카 대륙을 횡단하는 여행으로까지 이어졌습니다.

"무릎 아프면 중간에 택시 타지 뭐……." 이런 즐겁고 가벼운 결심이 할머니의 먼 여행을 가능하게 했습니다.

너무 무거운 결심은 자칫 출발부터 우리를 지치게 만듭니다.

우리 삶에는 내가 들 수 있는 적정한 무게가 있습니다.

감당해야 할 삶의 무게와 책임을 너무 높게 책정해서

자신을 괴롭히는 어리석은 행동은 하지 말아야 합니다.

우리가 짊어진 가방 속에는 필요 없는 것들이 너무 많습니다.

그 많은 짐으로부터 우리의 꿈을 자유롭게 해 주어야 합니다.

여행 가방에 더 많은 짐을 넣으려고 할수록 출발은 더 어려워집니다.

가벼워야 웃을 수 있습니다.

가벼워야 멀리 갈 수 있습니다.

선택

개에 대한 두려움이 많은 사람일수록
골목길에서 개를 더 빨리 발견합니다.

인생에 대해 비관적인 사람일수록
똑같은 상황에서도
자신에게 부정적인 일들을 더 빨리 찾아냅니다.
자신에게만 꼬이는 일들이 더 많이 일어난다고 판단합니다.

어떤 사람에게는
항상 좋은 일만 일어나고,
어떤 사람에게는
항상 나쁜 일만 일어날 수는 없습니다.

'선택적 정보처리'
대부분의 사람들은 자기가 보고 싶은 것만 보고
듣고 싶은 것만 들으려는 경향이 있습니다.

그러기에

행복과 불행은 외부 환경에 있는 것이 아니라

환경에 대한 우리들의 반응, 선택에 있는지도 모릅니다.

난 어느 쪽으로 더 민감한 사람이었는지

오늘 하루 나의 선택을 되돌아봅니다.

시집(詩集) 같은 인생

"한 사람은 한 권의 책이다."라는 문구 앞에 잠시 마음이 아득합니다.

내가 원하든 원하지 아니하든,

이미 나는 누군가에게 한 권의 책으로 읽히고 있다는 사실에 부끄러운

내 모습을 되돌아보게 됩니다.

아픈 가슴을 보듬어 줄 따뜻한 詩들을 모은

시집(詩集) 같은 인생을 소망했었는데…….

일관된 주제도 없이 잡동사니 같은 생각의 파편들만

어지럽게 나열된 삼류잡지 같은 인생은 아니었는지.

가장 가까운 가족들에게,

그리고 사랑하는 이웃들에게

난 어떤 책으로 읽히고 있는지

생각하고, 생각하고, 또 생각해 봅니다.

깨끗한 그릇

자주 사용될수록 그릇은 깨끗해집니다.
아무리 좋은 재료로 귀하게 만들어졌다 하더라도
특별한 날에만 잠깐 사용되는 그릇은
매일 사용되는 그릇처럼 깨끗해지긴 어렵습니다.

어떤 조직이든지 그 조직에서 가장 바쁜 사람이
조직 발전에 관한 아이디어를 가장 많이 소유하는 것도
같은 원리입니다.

마땅히 해야 할 일은 하지 않고
늘 편한 자리만 찾으려는 사람들은
한구석에서 먼지 쌓여 더러워져 가는 그릇과 같습니다.
창의적인 아이디어도 메말라 버려
불평만 하는 걸림돌 같은 존재가 되어 버립니다.

남다른 수고와 희생이 손해처럼 보이기도 하지만

그 대가는

우리 생각보다 훨씬 높은 차원의 기쁨입니다.

경험해 보지 못한 사람은 도저히 알 수 없는

보람과 긍지입니다.

자주 사용됨이

깨끗한 그릇으로 살아가는 방법입니다.

그 깨끗함이 우리에겐 행복입니다.

소중한 일

자신의 시간과 노력을 쏟아부어도

아깝지 않은 일을

소유한 사람은 행복한 사람입니다.

힘이 들더라도 하면 할수록

기쁨이 솟아나는 일을

소유한 사람은 진정 행복한 사람입니다.

우리 삶에 있어 정말 심각한 위기는

건강을 잃어 가는 것도,

소유가 줄어드는 것도,

명예를 얻지 못한 것도 아닌

자신이 하고 있는 일의 의미를 잃어버린 채

하루하루를 아무런 재미도 없이

지루하게 버티며 살아가는 것입니다.

거액의 로또에 당첨되면 당장 때려치울 수 있을 정도로

자신의 일을 가볍게 생각하며 살아가는 것입니다.

기쁨과 행복을 주던 전날의 소중한 일들을

이젠 아무런 감격도 없이 행하고 있는

낯선 나를 발견하는 것입니다.

교사로 첫 발령을 받던 날.

그 기막힌 축복 앞에 감사와 감격으로

학교로 출근하던 아침을 기억합니다.

새로운 기대로 마냥 설레던

그 순수한 마음으로부터

오늘의 난 너무 멀리 와 있음을 깨닫습니다.

오늘 나의 일이 즐겁지 않다는 건 위기입니다.

쉽게 피곤해지고 불평만 늘어 간다는 건

내가 처한 위기의 뚜렷한 증거들입니다.

주어진 내 귀한 소명 앞에

겸손과 감사의 마음으로 다시 설 수 있기를 소망합니다.

교만과 나태로 때 묻어 버린 마음을 아프게 닦아 내며

잃었던 감격과 행복을 되찾아 가는

한층 더 성숙한 인생이길 소원합니다.

세월이 갈수록 '내가 하는 일'과

'나의 정체성'이 일치되어 가는

좀 더 견고한 인생이길 다짐합니다.

신독(愼獨)

위대한 사람의 행동, 습관을 모방하는 것이

나쁜 일은 아니지만

고작 모방한 정도로 위대한 사람처럼

대우받기를 기대하는 건 나쁜 일입니다.

평생을 한 방향만 보고

희생과 봉사의 삶을 살아온 사람의 행동을

흉내 내는 정도로 그와 동일한 영광을 탐하는 건

부끄러운 일입니다.

요즘 들어 몇 번의 어설픈 흉내만으로

칭찬받는 일이 많아지면서

그 칭찬을 은근히 즐기는 위선적인 내 모습을

자주 발견하게 됩니다.

사람들에게 보이는 모습과

혼자 있을 때의 내 모습의 차이가 커져 가는 것이

삶의 심각한 위기인 줄 알면서도

반성이나 변화를 위한 성실한 노력 대신

어설픈 줄타기로 대강대강 일을 무마해 가는

흔들리는 나를 자주 마주하게 됩니다.

혼자 있을 때의 내 모습은 누구보다

내가 가장 잘 압니다.

그 부끄러운 모습에서 벗어나기 위해

보이는 부분과

보이지 않는 부분의 차이를 줄여 가는

신독(愼獨)의 높은 경지를 감히 욕심내어 봅니다.

희망을 전하는 사람

어른들은 늘 아이들에게 꿈을 가지라 하지만
꿈이란 게 마음먹는다고 쉽게 가져지는 것은 아닙니다.
꿈이 없어 답답한 것은 정작 아이들입니다.
공부는 쉽지 않고,
뚜렷한 재능도 없고,
부모의 기대는 크고…….
막막한 현실을 마주하는 아이들의 마음속에는
두려움에서 시작된 남모르는 분노만 쌓여 갑니다.

매년 입시가 끝나면 모든 학교는 명문대 입학생을 중심으로
진학 성적을 발표합니다.
그것으로 학교들을 비교합니다.
학교에는 소수이긴 하지만 목표가 분명하고 의지가 강하고
거기다가 머리까지 뛰어난 아이들이 있습니다.
남들이 부러워하는 명문대, 의대를 보란 듯이 진학합니다.
충분히 박수 받을 만한 모범생들입니다.

이런 영재들을 잘 길러 내는 것은 교사로서 참 보람 있는 일입니다.

하지만,

무엇보다 학교는

꿈도, 재능도 없는 평범한 아이들에게도

살아갈 방편을 가르쳐 주는 곳이어야 합니다.

아픔의 시기를 힘들게 넘어가는 아이들의 마음에

작은 불씨라도 밝혀 줄 수 있는 곳이어야 합니다.

의지할 곳 없어 밖으로만 도는 아이들의 지친 마음을

감싸 줄 수 있는 곳이어야 합니다.

환경의 차이나, 성격의 차이는 있겠지만

마음의 상처 없이 성장기를 지나온 사람이 있을까요?

위기의 시간을 통과하는 지친 아이들 중

단 한 명의 아이에게라도

온전한 희망을 전할 수 있는 교사였으면 좋겠습니다.

그 아이가 용기 내어 자신만의 바른길을 걸어갈 수 있도록

끝까지 지켜봐 주는 교사였으면 좋겠습니다.

나를 통해 꿈을 찾아가는 행복한 학생이

단 한 명이라도 있다면

교사로서의 내 삶은 헛되지 않을 겁니다.

살아가는 동안

단 한 명의 사람에게라도

희망을 나누어 주는 고마운 이웃으로 살 수 있다면

그것만으로도 우린

충분히 가치 있는 인생을 살았다고 말할 수 있지 않을까요.

좋은 감각

좋은 사진작가란

좋은 카메라를 가진 사람이 아니라

좋은 감각을 가진 사람입니다.

그러기에 우린

좋은 카메라를 갖기 위해 애쓰기보단

좋은 감각을 키우기 위해 노력해야 합니다.

카메라는 좋은데 감각이 엉망인

어설픈 사진작가 같은 사람들이 세상엔 참 많습니다.

남들이 쉽게 가지지 못하는 좋은 물건을 소유하는 것을

마치 훌륭한 삶을 사는 것으로 착각하며 사는 사람들도

참 많습니다.

'부자'와 '잘 사는 사람'은 결코 동의어가 될 수 없습니다.

풍요를 넘어 과잉의 시대를 살아가면서도

소유에 대한 집착이 크다는 건

우리 시대의 정신적 결핍을 증명하는 또 다른 증거일 수 있습니다.

당연히,

좋은 차를 가진 사람보다

좋은 생각을 가진 사람이 더 멋진 사람입니다.

좋은 신용카드를 가진 사람보다

좋은 미소를 가진 사람이 더 행복한 사람입니다.

좋은 주택을 소유한 사람보다

좋은 인간관계를 소유한 사람이 더 훌륭한 사람입니다.

정직한 노동으로 땀 흘려 본 사람은

지나가는 바람 한 점에도 시원함을 느낄 수 있습니다.

갈급한 목마름을 경험해 본 사람은 한 모금의 생수에도 감사할 수 있습니다.

낮고 겸손하여 남들이 쉽게 볼 수 없는, 들을 수 없는

작은 행복들까지 느끼며 살아가는 사람이야말로 진정 행복한 사람입니다.

좋은 카메라보다

좋은 감각을 소유함으로

인생의 멋진 장면을 연출하며 살아가는

지혜로운 인생이길 소원합니다.

익숙한 것의 고마움

여행을 다녀온 후 매번 느끼는 건

집의 편안함.

그중 잠자리의 편안함.

특급 호텔의 침실도

낡은 내 침대와 베개, 헐렁한 잠옷 바지가 주는

편안함에 견줄 수 없습니다.

함께 보낸 시간들로 익숙해진 물건들이 주는 편안함이

얼마나 고마운 것인지 매번 여행을 통해 깨닫곤 합니다.

화려하지 않아도

꼭 비싸지 않더라도

편안함을 주는 내게 꼭 맞는 물건들이 있습니다.

사람도 그렇습니다.

부자가 아니어도,

학벌이 높지 않아도,

세련되지 않아도

함께 있음이 너무 편안한 사람이 있습니다.

매일 베고 자는 베개처럼 편안한 사람이 있습니다.

두서없이 아무 이야기나 해도

끝이 통하고, 느낌이 맞아떨어지는

내게 너무 익숙한 사람이 있습니다.

생각해 보면 너무 고마운 사람.

세상의 어떤 보석보다도 소중한 사람.

때론 너무 익숙해서 고마움을 잊고 살 때도 많지만

내 일상의 삶이 흔들리는 어려움을 겪을 때면

가장 먼저 찾아와 그 편안함으로 나를 감싸 주는 사람.

자신을 고집하지 않는 겸손과 기다림으로

내 눈높이에 자신을 맞추어 주는

너무너무 고마운 사람이 있습니다.

부족한 나를 멀리하지 않고

오랜 시간 함께해 준 고마운 사람들.

내 심장 가까이 두고

더욱 사랑하며 살겠습니다.

Input

메이저리그에 진출했던 박찬호 선수가 신인 시절에 힘들어했던 것 중 하나가 자신의 몸에서 나는 냄새였답니다.
미국 선수들이 특별한 이유도 없이 자신을 피하고
불쾌하게 대했던 이유가 마늘과 같은 강한 향신료로 만들어진 한국 음식을 먹고 땀을 흘리며 운동할 때 나오는 독특한 냄새 때문임을 나중에야 깨닫고 식생활을 바꾸기 위해 노력했다는 기사를 읽은 적이 있습니다.

본인이 느끼지 못하는 지독한 냄새가
이렇듯 사람들과의 관계 형성에
치명적인 영향을 줄 수도 있습니다.

냄새가 좋은 사람은 좋은 인상으로 기억되기도 한다는데
나에게는 어떤 종류의 냄새가 날까 생각해 보게 됩니다.
혹시 나만 모르고 있는 불쾌한 냄새로 주위 사람들을
힘들게 하고 있지는 않은지 돌아보게 됩니다.

자신이 주로 먹는 음식에 따라 그 사람의 냄새가 달라지듯

자주 보는 책이나 신문,

즐겨 듣는 음악,

자주 방문하는 인터넷 사이트,

자주 만나는 사람들에 따라 사람들은 저마다의 독특한

인격적인 냄새를 갖게 되는지도 모릅니다.

어떤 사람 곁에 가면 돈 냄새가 진동해

때론 불쾌할 때가 있습니다.

요즘 인터넷 세상에는 천박하고, 음란하고, 자극적인

기사들과 생각들로 넘쳐 납니다.

그런 것들을 습관적으로 계속 접하다 보면

나도 모르게 그런 냄새가 배어 버리게 됩니다.

자주 방문하는 잘못된 사이트에 대한 과감한 정리가

필요한 이유입니다.

한쪽으로만 치우친 사고의 편향성도

자칫하면 악취가 되어 다른 사람을 괴롭힐 수 있습니다.

향기로운 사람으로 산다는 건 참 멋진 일입니다.

그 멋진 삶을 살기 위해

내가 가장 많은 시간을 보내는 일들에 대한

꾸준한 자기반성과 점검의 시간이

우리에겐 꼭 필요합니다.

Input에 의해 output이 결정되는 평범한 진리가

무거운 가르침으로 다가오는 하루입니다.

마음의 결이 같은 사람

열심히 노력하며 살아도 때론 실패할 수 있습니다.
열심히 살면 행복해질 거라는 것은 우리의 소망일 뿐
현실은 결코 만만치 않습니다.
내 힘으로는 어찌할 수 없는,
그래서 우리를 더욱 아프게 하는 다양한 변수들이
우리네 삶에는 참 많이 있습니다.

나는 성의껏 잘해 준 것 같은데
이유 없이 나를 싫어하는 사람이 있을 수도 있습니다.
분명한 이유도 없이 미움을 받는 억울한 일을
우린 종종 경험합니다.

그렇다고
내 마음대로 되지 않는 세상을 원망하며,
나의 앞길을 가로막는 사람들을 미워하며,
소중한 우리 인생을 낭비할 순 없습니다.

모든 사람에게 사랑받는다는 것은

애초부터 불가능한 일입니다.

항상 행복해야 한다는,

모두에게 사랑받아야 한다는,

잘못된 강박관념에서 벗어나야 합니다.

현실적이지 않은 목표는

삶을 지치게 하고 힘들게 할 뿐입니다.

오히려 나를 진정으로 이해해 주는 친구를

한 명이라도 얻었다면

그것이야말로 정말 행운과도 같은 일입니다.

들판에는

하얀색 꽃도 있고 빨간색 꽃도 있습니다.

세상 대부분의 사람들이 하얀색 꽃을 좋아한다고 해서

붉은색으로 태어난 자신을 하얀색으로 바꿀 수는 없습니다.

그럴 필요도 없습니다.

빨간 꽃으로서의 나를 소중히 여기며

자신만의 행복을 열심히 만들어 가면 됩니다.

모두에게 박수 받을 필요는 없습니다.

빨간 꽃의 가치를 아는 사람에게만

박수를 받아도 우린 충분히 행복할 수 있습니다.

웃음이 통하는,

마음의 결이 같은 사람들끼리 서로 의지하며 살아도

세상은 충분히 아름답습니다.

소중한 오늘

살면서 '가장 맛있게 먹었던 음식'과
지금 '가장 먹고 싶은 음식'은 다를 수 있습니다.
아니, 달라야 합니다.
과거 한때 맛있게 먹었던 음식이라고 해서
계속 그 음식만 고집하며 살아가는 사람이 있다면
그는 제한된 삶을 살아가는
어리석은 사람일 가능성이 큽니다.

나이 들수록 지난 추억들이 더욱 소중하게 느껴지고
그리워지는 건 어쩔 수 없는 일이겠지만
자칫 추억에만 매달려 살다 보면
'추억의 하루'가 '소중한 오늘'을 파괴하는
잘못된 습관을 지니게 될지도 모릅니다.

행복했던 지난날만 추억하며 살아가기엔
오늘 하루가 너무 소중합니다.

저울에 올려놓았을 때
'오늘'보다 무거운 '어제'는 있을 수 없습니다.

오늘 하루도 새로운 경험과 아름다운 만남으로
채워 가는 행복한 날 되시길 응원합니다.

차선(次善)의 삶도 소중합니다

'아는 것'과 직접 그 일을 '하는 것'은
하늘과 땅만큼의 차이가 있습니다.
그래서 머리로만 '아는 사람'과
직접 그 일을 '하는 사람' 간에는
쉽게 대화가 이루어지지 않습니다.

머리로만 아는 사람들의 일의 기준은
대체로 높고 엄격합니다.
도덕적입니다. 이해보다는 비판이 먼저입니다.
멀리서 보면 쉬워 보이기에
누구나 그 일을 쉽게 할 수 있다고 생각합니다.
그래서 자신의 기준에 도달하지 못하는 사람들을
쉽게 정죄하고 비난하는 경우가 많습니다.
그러고도 정작 자신은
그 일을 책임지지 않는 경우가 대부분입니다.

그에 비해 직접 일을 하는 사람은 무능력해 보입니다.

'최선'이 아닌 '차선'을 정답으로 내세우는 경우가 많기에

현실과 타협하는 비겁한 사람 같습니다.

하지만 힘든 작업 과정을 몸으로 직접 겪어 보았기에

상대방의 실수를 이해하려는 마음이 넉넉하여

함께하면 참 편안한 사람입니다.

결국, 끝까지 남아 그 일을 마무리하는 사람입니다.

자신이 직접 해 보지 않은 일에 대해서는

자기 생각만으로 함부로 판단하지 않았으면 좋겠습니다.

직접 일을 맡아 하는 사람의 말에

먼저 귀를 기울여 주면 좋겠습니다.

서로의 불완전함을 비난하기 전에

먼저 그 불완전함이 존재하는 세세한 이유들을

살펴보았으면 좋겠습니다.

완벽한 삶을 살지 않았다고,

최선을 다하지 않았다고,

우리 이웃들을 함부로 판단하고

몰아세우지 않았으면 좋겠습니다.

아는 것과 직접 해 보는 것은

하늘과 땅만큼의 차이가 있으니까요.

그가 아닌 내가 했었어도 별반 다르지 않았을 테니까요.

어쩌면

완벽한 삶을 기준으로 서로를 비난하며 사는 것보다

불완전함과 동행하며 서로를 배려하며 사는 것이

더 지혜로운 삶일 수도 있습니다.

이웃과 함께 행복할 수 있다면

자신이 생각하는 '완벽한 삶'에서

타인을 배려한 '적당히 좋은 삶'으로

조금 물러서는 것도 지혜로운 선택이 아닐까요.

차선의 삶도 충분히 박수 받을 만한 자격이 있으니까요.

차선의 모습일지라도

끝까지 자신의 자리를 지켜 가는 사람들이

얼마나 소중한 존재인지를 마음으로 깨닫게 됩니다.

실패의 자리

정작 '반지'는 어두운 담벼락 아래에서 잃어버리고선

건너편 밝은 가로등 아래에서 '반지'를 찾는 사람이 있습니다.

그 황당한 이유가

밝은 곳에서 반지를 찾는 것이 더 쉬울 것 같아서라고…….

당연한 이야기이지만, 뭔가를 잃어버렸을 땐

그것을 잃어버린 장소에서 찾아야 합니다.

찾기 쉽다는 이유로 엉뚱한 곳에서 찾아 헤매서는 안 됩니다.

그걸 알면서도 우린 이런 어리석은 일을 자주 반복합니다.

힘든 현실을 만나 삶에 지치게 되면 그 자리를 떠나

좀 더 편안한 곳으로 쉽게 자리를 옮겨 버립니다.

과감하게 사표를 쓰고 훌쩍 떠나버린 해외여행으로는,

복잡한 사무실을 떠나 분위기 좋은 커피숍에서 즐기는

우아한 힐링으로는,

학원을 포기하고 피시방에서 즐기는 몰입도 높은

신나는 컴퓨터 게임으로는,

약간의 위로를 받을 수는 있겠지만

잃어버린 소중한 삶의 가치들을 되찾을 수는 없습니다.

오히려

샐러리맨에게는 탈출하고 싶은 팍팍한 일상의 직장이,

고3 학생에겐 야자와 심자가 진행되는 좁은 교실이,

치매 부모님을 둔 자식들에게는 냄새나는 부모님의 병실이,

위기의 부부에게는

불신과 실망으로 대화가 사라져 버린 냉랭한 가정이,

다시 돌아가서 잃어버린 소중한 가치들을 찾아야 하는

장소가 되어야 합니다.

반복되는 실패와 좌절로

마음의 소중한 가치들을 잃어버렸을 땐

쉽게 그 자리를 떠나려 하지 말고

잃어버린 가치들을 되찾기까지

우린 그 자리를 지켜 내야 합니다.

힘들고 불편해도

그곳이 오늘 내 자리여야 합니다.

자주 나를 넘어지게 했던 곳

그곳으로부터

잃어버린 소중한 가치들을 찾아

당당한 모습으로

우린 다시 걸어 나와야 합니다.

진짜 행복

페이스북을 열어 보면

어떤 페친은 유럽의 낭만적인 거리를 걷고 있고,

어떤 페친은 새 차를 샀고,

어떤 페친에게는 멋진 애인이 생겼고,

어떤 페친은 근사한 곳에서 만찬을 즐기고 있습니다.

쉽게 일상화할 수 없는 화려한 삶의 모습들이

경쟁적으로 페이스북 게시판을 채워 가고 있습니다.

모든 페친들이 그 사진의 한 장면처럼

행복한 삶을 산다면야 더없이 좋겠지만

그건 과장되고 꾸며진 특별한 날의 한순간일 가능성이

많습니다.

그런 특별한 하루를 통해 자신의 행복을 과시하려는

경쟁의 모습이 때론 안쓰럽기도 합니다.

불행은 늘 비교에서 시작되는 경우가 많습니다.

남들보다 특별나고, 화려하고, 잘생기고 싶은 마음이야

당연한 인지상정이지만

그 우월감들이 행복의 전부일 순 없습니다.

행복은

매일의 평범한 삶 속에,

매일의 평범한 밥상 위에,

매일의 평범한 만남 속에 더 많이 숨어 있는지도 모릅니다.

행복은 남들보다 더 폼 나는 삶에서 오는 것이 아니라

일상의 소중함을 깨닫고 사는 매일의 평범한 삶에서 옵니다.

훌쩍 떠나게 되는 자유로운 여행도

돌아올 수 있는 일상의 삶이 전제되기에 즐거울 수 있고,

특별한 날의 만찬도 일상의 평범한 밥상이 있기에 가능합니다.

우린 평범한 일상을 좀 더 소중히 여기며 살아야 합니다.

우리 이웃들을 미소 짓게 할 수 있는 작은 친절들을 준비하며 작은 만남

에도 최선을 다해 살아간다면

화려하지 않아도 우린 누구보다 행복한 삶을 살아갈 수 있습니다.

일상의 성실함에서 성취되는 행복이야말로

우리 인생의 진짜 행복입니다.

일상의 감동

여행자들이 감탄하는 아름다운 풍경도

그곳 사람들에겐 익숙한 일상의 한 부분입니다.

여행자들이 연방 사진 셔터를 누르는 아름다운 거리도

그곳 주민들에겐 매일 걷는 평범한 골목길입니다.

아름다운 도시에서 태어나

평생을 그곳에서 살아가는 사람들이

부럽지 않은 건 아니지만, 그 사람들 또한

반복되는 노동과 수고로 살아가야 할 하루하루의 무게는

내 삶의 자리와 별반 다르지 않을 것입니다.

잠시 머물다 떠나갈 여행자에겐

마냥 아름다운 곳으로 기억될 그곳에서도

일상의 삶은 또 그렇게 준엄하게 흘러갈 테니까요…….

여행을 하다 보면 어느 순간,

떠나올 때의 기대와 설렘보다

두고 온 익숙한 것들에 대한

그리움이 더 커지는 시간이 있습니다.

문득,

해가 지고 어두움이 내리면 아름다운 여행지에서도

예기치 못한 묘한 슬픔으로 마음이 우울해질 때가 있습니다.

따뜻함이 묻어나는 불 켜진 창, 예쁜 거리 어디에도

쉽게 문 열고 들어갈 내 집이 없음을 깨닫는 아득함이 있습니다.

아름다운 풍경이 갑자기 낯설어지는

이방인으로서의 존재를 깨닫게 되는 순간이 있습니다.

낯선 곳으로의 여행은

그 자체만으로도 행복하고 보람된 경험이지만

무엇보다 여행을 통해 깨닫게 되는 건

'낯선 아름다움'보다 '익숙한 일상'의 소중함입니다.

낯선 곳으로 떠나는 기쁨은

돌아올 곳이 있기에 가능합니다.

여행의 기쁨은

'익숙한 일상'을 견고히 지키는 사람에게 주어지는

선물입니다.

우리의 일상도 누군가에겐 아름다운 풍경일 수 있습니다.

매일 만나는 일상의 사람들과

대부분의 시간을 보내는 익숙한 공간,

생업을 위해 매일 반복하는 일들이

세상 무엇보다 소중하고 아름다운 것임을 깨달아 갈 때

우리의 일상도 진한 감동을 주는 아름다운 풍경이 될 수 있습니다.

공감하기

어른이 되면서 대부분의 사람들은

섣불리 자신의 감정을 드러내지 않는 포커페이스로 변합니다.

하지만

웬만한 일에도 화를 내지 않고,

웬만한 일에도 아파하지 않는 건

성숙해져서가 아니라

또 다른 정신적인 문제일 가능성이 큽니다.

자신의 감정을 너무 숨기고, 억누르며 사는 건

본인에게도, 타인에게도 좋지 않은 영향을 미치게 됩니다.

나 하나의 희생으로 끝내자는 착한 결심이

때로는 더 큰마음의 병이 되어 서로를 구속할 수도 있습니다.

일방적으로 참고만 살아 굳어진 마음으로는

그 누구도 행복하게 할 수 없습니다.

울어야 할 때는 참지 말고 정직하게 울 수 있어야 합니다.

인간은 서로의 불행을 털어놓으며 정을 쌓아 가는 존재입니다.

내가 울 때 다가와 등 두드려 주는 고마운 사람은 그렇게 만들어집니다.

공감의 능력과 새로움에 대한 기대를 잃어 갈 때
우리의 얼굴은 경직될 수밖에 없습니다.
오늘 하루도 열린 마음과 탄력적인 사고로
좀 더 풍부한 표정을 소유한 얼굴로 살았으면 좋겠습니다.

때로는 자신과 타인의 감정에 격하게 공감하며 살아가는
약간 가벼운 인생이어도 좋지 않을까요?

덕분입니다

'선생님 때문입니다'와 '선생님 덕분입니다'의 차이

다른 사람들에게 우린 어떤 평가를 받으며 살고 있을까요.
누구나 좋은 평가를 받고 싶어 하지만
사람들에게 '덕분입니다'라는 말을 듣고 살기가
그리 쉽지는 않습니다.

남이 알아주지 않더라도,
자신에게 특별한 유익이 없더라도,
이 일이 누군가에게 꼭 필요한 일이기에
묵묵히 실천한 진실된 수고가 있을 때
우린 '당신 덕분입니다'라는 평가를 받을 수 있는
사람으로 살아갈 수 있을 것입니다.

화재 현장에서 목숨을 걸고 시민을 구하는
소방관들을 보면 저절로 고개가 숙어집니다.

부모님 덕분입니다.

선생님 덕분입니다.

선배님 덕분입니다

목사님 덕분입니다.

어르신 덕분입니다.

우리가 사는 곳이 이런 말들로 넘쳐 나는 사회였으면 좋겠습니다.

모범이 되는 남다른 수고로 이웃들에게 진심으로 존경받는

훌륭한 어른들이 많아졌으면 참 좋겠습니다.

보이지 않는 곳에서 묵묵히 자신의 역할을 잘 감당하므로

'덕분입니다'라는 말을 듣기에 합당한

성숙한 어른들이 점점 많아지는 나라가 된다면 정말 좋겠습니다.

생각해 보니

여기까지 살아온 것

모두 여러분 덕분입니다.

참

고맙습니다.

세월의 선택

어떤 연예인은 생명력이 참 깁니다.
세월 갈수록
더 진한 추억과 감동을 선사하는
그들의 생명력은
대체로 뛰어난 재능보다는
좋은 인간성에 있습니다.

좋은 노래는
세월이 골라냅니다.
좋은 사람도
세월이 골라냅니다.

세월 지나면 알게 됩니다.
잘 만들어진 노래,
잘 살아온 인생은
'세상'이 아니라

'세월'이 선택해 준다는 것을.

나도 세월에 의해 선택받는
좋은 노래 같은
사람이었으면 좋겠습니다.

착한 농부

때론 열심히 일하는 사람만 손해 보는 것 같습니다.

편한 자리만 찾아 무임승차하는 사람은

책임질 일도 없고, 욕먹을 일도 없는데

잘해 보려고 노력하는 사람은 고생은 고생대로 하고

잘못되면 책임까지 뒤집어써야 하는 억울한 경우를 종종 보게 됩니다.

남들이 하기 싫어하는 일을 열심히 하고도

그 책임까지 감당하는 모습이 참 안쓰럽기만 합니다.

때론 모른 척하고 쉽게 살수도 있겠지만

그것은 정답이 아니기에

남모르는 수고를 아끼지 않는 사람들이 있습니다.

농부는 자신의 밭이 상하는 것을

가만히 두고만 보지 않습니다.

다른 이유는 없습니다.

단지 자신의 밭을 사랑하는 농부이기에 그렇습니다.

편안한 삶과 행복한 삶은 결코 동의어가 될 수 없습니다.

잘 자라 가는 밭의 곡식을 바라보는 기쁨은

땀 흘린 자만이 누리는 특권이기에

행복한 삶은 편안한 삶이 아닌

보람된 삶이 맞습니다.

누가 뭐라고 해도 남과 비교하지 않고

보람된 삶의 방향으로

불평하지 않고 묵묵히 걸어가는

착한 농부이고 싶습니다.

칼집

칼이 예리할수록
칼집이 더 필요합니다.

나이 들어갈수록,
지위가 높아질수록,
내 말의 영향력이 커질수록,
우리 삶에 있어 '절제'가
필요한 이유입니다.

콜라

겨울이라고 콜라를 따뜻하게 해서 마실 수는 없습니다.
환경이 변한다고 본질이 변할 수는 없습니다.
아무리 날씨가 추워도 콜라는 차가워야 제맛입니다.

사람들도 저마다의 고유한 성격과 특성이 있기에,
각자의 특성과 본질에 맞게 사용될 때
가장 맛있는 인생으로 살아갈 수 있을 겁니다.

환경에 적응하는 지혜도 필요하지만,
환경이 변하더라도 자신의 본질을 잃지 않고
지켜 가는 지혜도 필요합니다.
여름에도, 겨울에도
차가워야 할 것은 제대로 차가워야 합니다.

차가워야 제맛인 것이 있듯이
따뜻해야 제맛인 것도 있습니다.

나의 본질은

사람들의 마음을 시원하게 하는 일에 적합한지,

사람들의 마음을 따뜻이 데워 주는 일에 더 적합한지

찬찬히 생각해 봐야 합니다.

간혹 커피처럼

차가워도, 따뜻해도

다 맛있는 것도 있긴 하지만요…….

내가 아는 나

멀리 있는 산은 아름다워 보이지만
막상 가까이 가보면 그 아름다움이 사라져 버리는 경우가 많습니다.
아름다워 보여 찾아갔던 많은 여행지에서
우리가 자주 실망했던 것처럼…….

사람도 그렇습니다.
멀리 있어 아름다워 보였던 사람도
가까이에서 함께 지내다 보면
그도 하루하루를 힘들게 살아가는 연약한 인생임을
쉽게 깨닫게 됩니다.
그래서 좋아하는 사람과도 적당한 거리의
소원(疏遠)함이 필요한지도 모릅니다.
함께할수록, 더 알아 갈수록
존경하게 되고 더욱 본받고 싶은 인생은 그리 많지 않습니다.
잘 꾸며진 각본 속에 그나마 우린 조금
우아한 인생으로 누군가에게 기억되는지도 모릅니다.

아무도 보지 않는 곳에서 나타나는 '나'의 진짜 모습 앞에
스스로도 자주 절망하는 것이 연약한 우리 인생입니다.
집으로 가는 퇴근길 그 짧은 거리를 운전하면서도
다른 차들에 대해 얼마나 쉽게 화를 내고 불평을 하는지요.
이런 거친 내 모습을 누군가가 옆에서 지켜본다면 얼마나 한심할까요.
하지만 이런 '나'도 멀리서 보는 누군가에게는 아름답게
보일 수도 있겠지요.

멀리 있어서 아름다운 존재가 아닌
가까이 와서 보아도
정성껏 가꾸어진 소박한 정원 같은
품위 있는 인생으로만 살 수 있다면
얼마나 좋을까요.

땀은 그늘에서 말려야 합니다

땀을 말리기 위해 여름 뙤약볕 아래 서 있는 사람이 있다면
그 사람은 참 어리석은 사람일 겁니다.
햇볕이 빨래를 말릴 순 있지만
수분 덩어리 인간의 땀은 말릴 수 없습니다.
땀은 그늘에서 말려야 합니다.

대중들의 인정과 인기를 통해 자신의 욕망을
해결하고자 하는 것은
햇볕에 땀을 말리는 것과 별반 다르지 않습니다.

욕망 덩어리인 인간이 사람들의 인정과 칭찬을 통해
자신의 욕망을 해결하려 한다면
왜곡된 욕망만 더 많이 분출하게 되어
추한 인생으로 결국은 파멸에 이르게 될지도 모릅니다.

조절할 수 없는 욕망의 분출로 마음이 분주해질 땐

우린 그늘을 찾아가야 합니다.

사람들의 시선과 평가에 집착하지 않아도 될

혼자만의 깊은 사색이 가능한 음지를 찾아가야 합니다.

다소 외롭고, 불편하더라도 낮은 곳으로 내려가야 합니다.

때론 성공보다 실패의 자리에서

더 정확한 인생의 답을 찾을 수 있습니다.

건강한 사람보다 많이 아파 본 사람의 가르침이

우리를 더욱 건강하게 하기도 합니다.

양지에서 자란 나무보다 음지에서 자란 나무가

더 단단하게 성장하는 것처럼…….

양지만 추구하다 지쳐 버린 마음들이 너무 많습니다.

땀을 그늘에서 말리듯 어떤 욕망은 그늘에서 말려야 합니다.

후회와 아픔이 있는 음지에서도

우린 또 그렇게 성장하고, 깊어질 수 있습니다.

책임과 사명

'책임'을 다하는 것과
'사명'을 다하는 것은 다릅니다.

입시 경쟁의 한복판에서 살아가다 보니
쏟아지는 많은 업무에
어느덧 교사로서의 '사명'은 잃어버리고
주어진 '책임'만 감당하느라 허둥지둥 살아가는
엉뚱한 나를 만나게 됩니다.

학교 현장에선 요즘 명퇴 바람이 예사롭지 않습니다.
정년을 채우지 못할 만큼
많은 선생님들이 지쳐 있는 것 같습니다.

자신에게 주어진 책임을 성실히 완수하는 것이
중요하지 않은 건 아니지만
인생의 방향을 결정하는 사명을 잃어버릴 만큼

바쁘게 사는 건 위험하다는 생각이 듭니다.

'책임'만 보이고
'사명'이 보이지 않을 때
우린 쉽게 삶의 에너지를 잃어버리게 됩니다.

나의 책임이 나의 사명을 덮어 버리지 않도록
사명을 먼저 생각하는 지혜가 필요합니다.

사명에 대한 분명한 확신이 회복될 때
책임을 완수하는 일도 한결 쉬워질 것입니다.

남은 날 동안
'책임'이 아니라 '사명'으로 아이들을 만나 가르치는
마지막까지 정열적인 교사이기를
소원합니다.

넷.

부지런한 사람의 손은
따뜻합니다.

밥을 짓듯이

시간과 정성이 많이 들어가는 일들은
'만든다'라고 하지 않고 '짓는다'는 표현을 사용합니다.
전기밥솥이 없던 시절
센 불과 약한 불을 구별하는 세심한 정성과
뜸 들이는 시간이 필요했던 밥은
'만드는 것'이 아니라 '짓는 것'이었습니다.

집도 '만드는 것'이 아니라 '짓는 것'입니다.
詩도 '만드는 것'이 아니라 '짓는 것'입니다.
이름도 '만드는 것'이 아니라 '짓는 것'입니다.
천이 귀하던 시절엔
옷도 '만드는 것'이 아니라 '짓는 것'이었습니다.

인생에 있어서도 하루아침에 뚝딱 만들 수 없기에
시간과 정성을 들여 '지어야 하는 것'들이 있습니다.
가족 간의 화목이 그렇고

친구 간의 우정이 그렇고

사제 간의 신뢰가 그렇고

자신이 이루어야 할 소중한 꿈들이 그렇습니다.

누군가가 만들어 놓은 완제품으로는

결코, 대신할 수 없는 부분입니다.

이젠 밥도, 옷도, 집도 타인이 만들어 놓은 것을

구입해서 사용하는 편리한 시대를 살게 되면서

시간과 정성이 필요한 '짓는' 일들이

점차 사라져 가고 있습니다.

편하게 살려고 만든 물건들이

오히려 우리를 불편하게 만드는

현상을 자주 보게 되는 시대가 되었습니다.

세월이 흘러도 우리에겐 여전히 '짓는 일'들이 필요합니다.

사랑하는 사람을 위해

정성껏 밥을 짓고, 집을 짓고, 옷을 짓고

소중한 사람의 이름을 짓고,

함께 詩를 지으며 사는 것은

생각만으로도 얼마나 행복한 일인지요.

작은 일에도 시간과 정성을 다하는

착한 인생이고 싶습니다.

침묵하기

목수 아버지 작업장에 놀러 온 아이가

톱밥 속에서 자신의 소중한 시계를 잃어버렸습니다.

혼자서 열심히 찾았지만, 시계는 나오지 않았습니다.

그때 목수 아버지가 한 일은

전기톱 스위치와 환풍기 스위치를 끄고,

소음을 일으키는 모든 것을 정지시킨 채

시계의 초침 소리가 들릴 때까지

한참을 조용히 침묵하는 것이었습니다.

얼마 후

시계의 작은 초침이 들리는 곳에서

아이는 소중한 시계를 다시 찾을 수 있었습니다.

인생의 소중한 것을 잃었을 때

우린 침묵해야 합니다.

일상의 소음들을 제거하고

분주한 삶을 잠시 내려놓고

소중한 존재의 작은 흔적까지 들릴 수 있도록
침묵해야 합니다.

바쁜 일상에 쫓겨 한동안 잊고 살았던
소중한 친구에게 늦은 밤 전화를 했습니다.
사고로 일주일 동안 입원했다 어제 퇴원했다는
친구의 안부에 참 마음이 아프고 미안했습니다.
대형사고로 이어질 뻔했는데 불행 중 다행이었다고
스스로 위로하는 친구의 말에 코끝이 찡했습니다.
바쁘다는 핑계로 잊고 살아온
소중한 존재들에 대해 많이 미안한 밤이었습니다.

무엇을 잃어버렸는지도 모른 채
바쁘게만 살아가는 오늘의 삶을 반성하며
소중한 존재들의 미세한 소리가 들리기까지
혼자만의 침묵을 다짐해 봅니다.

생활에 밑줄 긋기

미투(Me Too)운동으로 우리 시대를 대표하던
어느 詩人의 삶이 한순간에 무너져 버렸습니다.
그의 詩는 글자 하나 변한 게 없이 그대로이지만
삶이 뒷받침되지 않는 그의 詩는
더 이상 감동을 주지 못하는
먼지 뒤집어쓴 조화(造花)처럼
생명력을 잃어버렸습니다.

우리를 감동케 하는 것은
'글'이 아니라 '삶'임을 다시 한번
준엄하게 배우게 됩니다.

"죽는 날까지 하늘을 우러러 한 점 부끄럼이 없기를
잎새에 이는 바람에도 나는 괴로워했다."

이 詩를 윤동주가 아닌

파렴치한 어느 정치인이 썼다면

詩의 아름다운 문장만으로 우리에게 감동을 줄 수 있을까요?

과연 독자들의 가슴속에 오래 남는 생명력 있는 詩가 될 수 있을까요?

삶이 따르지 않는 가르침은 거짓입니다.

감동도, 교훈도 있을 수 없습니다.

그럴듯한 말만 많아지는 세상에

"성경이 아니라 생활에 밑줄을 그어야 한다."라던

기형도 詩人의 따뜻한 충고가 참 고마워지는 밤입니다.

마음 만들기

시간이 없는 것이 아니라
마음이 없는 것이었습니다.
반드시 해야 했음에도
하지 못하고 지나온
많은 일들을 되돌아보면
시간이 없어서가 아니라
마음이 없어서 하지 못한 것이
대부분이었습니다.

후회를 줄여 가는
성숙한 삶을 살기 위해서
필요한 건
시간을 만드는 것이 아니라
마음을 만드는 것입니다.

마음이 없어서 안 한 것을

시간이 없어서 못 했다는

구차한 변명으로 얼버무리지 않도록

오늘 하루를 다부지게

끌어안아 봅니다.

콩나물시루

교육을 설명하는 이론 중 '콩나물시루론'이 있습니다.

콩나물시루에 물을 주면 밑 빠진 독에 물 붓는 것처럼

물이 다 빠져 버려도 시루 속의 콩나물은 계속 자란다는 것입니다.

부모나 교사의 교육적 노력에 아이들이 당장은 변하지

않는 것 같지만

그 수고를 통해 아이들이 조금씩 자라가기에

결코, 희망을 포기해서는 안 된다는 교훈을 주는 이론입니다.

하지만 이 이론은 좀 더 생각해 볼 여지가 있습니다.

시루에서 자라는 콩나물은 고작 15㎝ 정도밖에 성장하지 않습니다.

그것도 계속 두면 썩어 버립니다.

우리 성장의 목표가 콩나물이라면

생각날 때마다 한 번씩 부어 주는 물로도 그 목표를 달성할 수 있겠지만

콩나물이 아닌, 새가 깃들여 쉬어 갈 수 있는

큰 나무가 우리 성장의 목표라면

그 성장의 방법은 달라야 하지 않을까요.

생각날 때마다 한 번씩 시루에 물을 붓는 것과는 비교할 수 없는 더 계획적이고 구체적이고 지속적인 노력이 필요하지 않을까요.

학교에서 만나는 다양한 학생들의 모습 중에서
자신의 꿈을 이루기 위해 하루하루를 치열하게 살아가는 아이들을 보면
교사로서 여간 대견스럽지 않습니다.
누가 해도 공부는 힘든 일입니다.
하지만 시루 속의 콩나물이 아닌
들판의 큰 나무로 자라기 위해
성실한 노력으로 한 걸음 한 걸음 전진해 나가는
아이들의 모습을 볼 때면 얼마나 멋있고 아름다운지요.

힘든 일을 만나면 핑계부터 찾는 나약한 아이들도 참 많습니다.
그리고 그 아이들의 공통점은 늘 부정적이고 불만이 많다는 것입니다.
노력 없이 오늘보다 내일이 더 나아지기를 기다리는 바보들이 많습니다.

새로운 성장은 절대 쉽게 주어지지 않습니다.
'나물'이 아닌 '나무'로 자라기 위해서는 더욱 그렇지 않을까요.

어떤 결핍

전과자, 마약중독자, 노숙자, 성매매 여성 31명을 대상으로

생뚱맞게도 철학, 문학, 역사, 논리학 강의를 했습니다.

그 결과 놀랍게도

그중에서 14명은 정규대학 학점을 취득했고,

2명은 치과의사가 되었고, 1명은 간호사가 되었습니다.

유명한 클레멘스 인문학 과정 이야기입니다.

그 과정에 참가한 한 사람은 이렇게 고백했습니다.

"책을 읽으면서 나를 설명할 수 있는 단어와 논리를 갖게 되었다. 사람들
에게 나 자신을 설명할 수 없었을 때는 항상 욕설, 주먹질, 총질을 먼저
했었다."

자신의 마음과 처지를 설명할 수 없는 정신적 삶의 빈곤은

다른 어떤 결핍보다 아픕니다.

자신을 설명할 수 있는 단어와 논리를 체득하는 일은

그래서 중요합니다.

충분한 독서와 철학적 성찰의 시간을 통해

나를 설명할 수 있고, 세상을 바르게 이해할 수 있는
다양한 논리와 언어를 습득하는 일은 너무도 소중합니다.

오늘 배워 내일 바로 써먹을 수 있는 교육도 해야 하지만
다소 시간이 걸리더라도, 혹은 비용이 많이 발생하더라도
멀리 내다보고 해야 할 교육도 있습니다.
자신을 설명할 수 있는 단어와 논리를 갖게 하는
인문학적 교육이 그렇습니다.

엄청난 속도로 진화하는 정보화 시대에
다른 사람들이 만들어 놓은 정답만을 찾아가는
'검색'의 삶에 익숙한 아이들에게
느리지만 스스로 고민하며 정답을 만들어 가는
'사색'의 삶을 가르치는 건
분명 땀 흘릴 만한 충분한 이유가 됩니다.

우리 아이들이
생각의 뿌리를 깊게 내려 큰 나무로 자라가게 하는 것.

우리 시대가 감당해야 할 소중한 사명입니다.

내가 모르는 사랑

평범한 사람이라면 몇 살 때까지의 기억을 떠올릴 수 있을까요?

우리는 우리가 기억하는 사랑만 사랑으로 간주하는 탓에

부모님의 사랑을 바르게 인식하지 못하는 한계를 지니고 있습니다.

사실은 우리가 기억하지 못하는 그 영·유아 시절이,

부모님이 우리를 위해 가장 애쓰고 수고하지 않으면

안 되는 시기였는데도 말입니다.

평안한 오늘 하루의 삶 속에도

내가 미처 깨닫지 못하고 지나쳐 버린

고마운 사랑이 또 얼마나 많았을까요.

어쩌면 어른이 된다는 것은

사랑하는 이를 위해 남모르는 수고를 하게 되면서

나를 위한 누군가의 희생을 하나하나 깨달아 가는 것이

아닐까요.

항상 곁에서 나를 지켜 줬던 고마운 발자국들을 하나하나 발견해 가는

것이 아닐까요.

아직도 내가 모르는 사랑이 너무 많습니다.

내가 기억조차 못 하는 고마운 사랑들이 너무도 많습니다.

오늘 하루도 겸손하게 살아야 할 이유입니다.

이기적인 사람

이기적인 사람이란

사실 머리가 나쁜 사람입니다.

다양한 변수들이 존재하는 삶의 방정식을

자신의 이익 하나만 대입하여 풀다 보니

그의 인생의 답은 늘 오답입니다

눈앞의 이익과,

두고두고 손해 보는 일을

잘 구별하지 못해 삶의 순위가 늘 뒤죽박죽입니다.

혼자서는 갈 수 없는 길을

혼자서 먼저 가려다 늘 길을 잃어버립니다.

자기 욕심으로 저지른 명백한 실수도

남 탓으로 돌려 늘 불평하기에 바쁩니다.

타인의 불편함과 고통에 전혀 공감하지 못하는
그의 굳은 마음은 발에 맞지 않는 새 구두처럼
주위 사람들을 불편하게 합니다.

그의 계산된 친절은 향기도 없고
감동도 없다는 걸 자기만 모르고 살아갑니다.

때론 손해가 되더라도 양보해야 할 일이 있다는 걸
아무리 가르쳐도 깨닫지 못하는 사람입니다.

많은 소유보다 나눔의 기쁨이 더 크다는 것을
끝내 깨닫지 못하는 반쪽 인생입니다.

정말이지
하나만 알고 둘은 모르는
참 머리 나쁜 사람입니다.

사소한 이익에 눈 어두워
주위 사람들의 마음을 상하게 했던
머리 나쁜 사람이 바로 내가 아니었는지
오늘의 나를 되돌아봅니다.

부모의 뒷모습

"아이들은 부모의 뒷모습을 보고 자란다."

부모들은 자기 자녀들이
자신보다 나은 사람으로 자라기를 원하지만
정작 아이가 보고 배우는 것은 부모의 뒷모습입니다.
우리 자녀들이 부모를 냉정하게 평가하는 부분은
다른 사람들에게 보여 주기 위한 앞모습이 아니라
가정에서 보여 주는 솔직한 뒷모습일 경우가 많습니다.
다른 사람의 시선을 의식하지 않는 곳에서
드러나는 부모의 인격과 태도를 통해
우리 아이들도 세상을 살아가는 원칙과 태도를 배우게 됩니다.
그래서 내 자녀는 나의 뒷모습을 가장 정확하게 평가하는
은밀한 관찰자입니다.

내 자녀에 대한 불만스러운 행동 중 많은 부분이
내 잘못임을 절실히 깨닫게 되는 요즘.
나의 뒷모습을 자주 되돌아보게 됩니다.

상석

'상석'에 앉을 때
그 사람의 권위와 고귀함이 나타나는 것이 아닙니다.

존경받는 사람이 앉는 곳이 바로 '상석'입니다.

자리가 사람을 만드는 것이 아니라
사람이 자리를 만듭니다.

당신이 앉는 곳이
언제나 상석일 수 있도록
먼저
존귀한 자의 삶을 살아가십시오.

참된 인격

인격적으로 참되지 않으면

참된 지식을 습득하기가 어렵습니다.

참된 지식의 생산은

충분한 인격적 함량을 가진 사람만이 할 수 있습니다.

인격이 없으면 깊은 지식도 없습니다.

인격이 없으면 생각하는 능력도 자라지 않습니다.

지식의 부족은 대부분 인격의 부족에서 시작됩니다.

아이러니하게도

인격이 부족한 사람일수록 스스로를

깊은 사고와 지식의 소유자로 착각하며 사는 경우가 많습니다.

남의 말은 잘 듣지 않으면서

늘 자신의 결정만을 정답이라 주장하며 살아갑니다.

다른 사람들을 평가하고 비판하는 데에 에너지를 소모하느라

정작 자신이 걸림돌임을 모른 채 살아갑니다.

조직의 리더가 인격이 부족할 때

그 조직은 최악의 상태로 추락합니다.

열심과 열정은 있지만

인격이 부족하여 분란을 일으키는 지도자들이

우리 사회에 점점 많아지고 있습니다.

오늘 우리 아이들에게 우선적으로 실시해야 하는 교육은

생각의 결과들을 주입하는 지식 교육이 아니라

생각할 수 있는 능력을 키워 가는 인격 교육이어야 합니다.

타인을 존중하는 양보, 조건 없는 겸손,

자랑하지 않는 섬김, 낮은 자세의 경청,

약자에 대한 정중한 예의, 강요하지 않는 배려.

이 모든 것들이 쉽게 도달할 수 있는 영역은 아니지만

우리 아이들이 이러한 인격을 잘 만들어 갈 수 있도록

사회 각 분야의 지혜를 모아야 할 때입니다.

가르칠 뿐 아니라

또한, 삶이 모범이 되어

우리 아이들이 본받고 싶은 향기로운 인격을 소유한

큰 나무 같은 어른들이

가정에서, 학교에서, 사회에서

점점 더 많아졌으면 좋겠습니다.

참

참새, 참말, 참숯, 참뜻, 참깨
참나무, 참기름, 참붕어, 참모습, 참스승…….

생각보다 참이 들어가는 단어들이 많습니다.
'참'이란 진짜라는 의미로 일상에서 사용됩니다.
기름 중에 진짜 기름이 참기름이듯이.

이처럼 진짜를 강조하는 '참' 자가 많이 사용된다는 것은
세상에 그만큼 가짜가 많다는 반증이기도 합니다.
요즈음은 '참기름'이라는 말로도 모자라
'진짜 순 참기름'까지 등장하고 있습니다.

세상에는 참자가 붙지 않아도
그 자체로 진짜여야 하는 것들도 있습니다.
부모님, 선생님, 친구, 봉사, 나눔, 등등.
만일

참부모, 참선생님, 참친구, 참봉사, 참나눔 같은

단어들이 많이 사용되는 사회라면

그 사회는 틀림없이 불행한 사회일 것입니다.

자녀에게서 부모는 그 자체만으로 이미

진짜여야 하기 때문입니다.

봉사, 나눔은 그 자체로 순수해야 하기 때문입니다.

사물은 그렇다 치더라도

사람에게만은

'참'이라는 수식어가 필요 없는 세상이 되었으면 좋겠습니다.

거짓 없는 진솔함으로 서로에게 정성을 다하는

좋은 사람들이 많아져

'참'이라는 단어 없이도 충분히 진실이 전달되는

품격 있는 사회가 되었으면 좋겠습니다.

그래서 우리 모두가 '가짜'가 아닌 '진짜'로 살 수 있다면

참(?) 좋겠습니다.

책임지는 사람

위기 상황에도 남다른 성장을 만들어 내는 조직에는

평가하려는 사람보다

책임지려는 사람이 많습니다.

변명을 찾는 사람보다

방법을 찾는 사람이 많습니다.

2배의 힘을 가진 사람보다

2배의 생각을 가진 사람이 더 많습니다.

디지털카메라의 등장으로 사양길에 접어들었던

후지필름과 코닥필름 중

고기능 화장품 개발이라는

새로운 영역에 치열하게 도전했던 후지필름은

새로운 활로를 찾아 성장을 이루어 냈지만

1,100개의 특허와 미국 필름 시장의 90%를 소유했음에도 불구하고

새로운 변화에 안일했던 코닥필름은 결국 파산하고 말았습니다.

사람의 뇌는 필요에 의해 움직이기 때문에

어떤 일을 '해야 할 일'로 정하게 되면

새로운 아이디어를 만들어 내는 방향으로

작동하게 되어 있습니다.

사람이 희망을 품으면 가지 않았던 길도

학습을 해서라도 가게 됩니다.

그래서

'이건 반드시 해야 할 일이라고 작정하는 것'과

'그 일을 해낼 수 있다는 자신감을 갖는 것'은

성공의 가장 중요한 요소가 됩니다.

이 위태로운 변화의 시기에

나는 어떤 사람으로 존재하는가 자문해 봅니다.

부디

평가보다 끝까지 '책임'지는 사람으로,

변명보다 먼저 '방법'을 찾는 사람으로,

힘보다 '생각'을 중시하는 사람으로 살아서

나 자신도 성장하고

내가 속한 조직도 바르게 성장시키는

건강한 세포 같은 사람이길 다짐합니다.

결혼의 조건

"돈 있으면 결혼 안 하고,
돈 없으면 결혼 못 하고."

어느 신문 기사의 제목이 눈에 확 들어옵니다.
팍팍한 이 땅의 청춘들을 생각하면
정말 백번 공감되는 말이지만
결혼이 돈에 의해 모두 결정되는 것 같아 참 서글퍼집니다.

정으로 살든, 사랑으로 살든
가족 안에는 다른 곳에서는 찾을 수 없는
말할 수 없는 귀한 가치들이 있습니다.
가족이 주는 따스함이 어떤 것인가는
경험해 본 사람은 다 압니다.

편안한 삶이 행복한 삶으로 이해되고
돈 많은 것을 잘 사는 것으로 인정되는

왜곡된 시대의 가치에서 살짝만 벗어나 보면

힘들어도 보람된 삶을 살 수 있고,

가난해도 따스한 정을 나누며 살 수 있는

참 행복을 만날 수 있습니다.

나이 오십을 넘어서면

정말 소중한 것은

돈으로 살 수 없는 것이 대부분임을 알게 됩니다.

결혼은

이 세상에서 영원한 내 편 하나를 만드는 과정이며,

죽을 때까지 내 곁에 있어 줄 가족을 만드는 과정이며,

맛있는 것을 먹거나, 아름다운 장소를 발견했을 때

가장 먼저 나누고 싶은 소중한 존재를 갖는 과정입니다.

또한

사랑과 용서를 배우고 키워 나갈 수 있는

하나님이 허락하신 행복의 통로임을 난 믿습니다.

마냥 편하게만 살려는 이기적인 유혹에서 벗어나

따스한 사랑과 생명의 소중한 가치를

건고하게 세워 가는 현명한 청춘들이

이 땅에 더 많아지길 소원합니다.

어리석음

어리석음이란

매일 같은 일을 반복하면서도

다른 결과를 기대하는 것.

매일 똑같은 삶을 살면서도

더 나은 내일을 기대하는 것.

희생 없이,

용서 없이,

세상 모든 사람이

다 내 편이기를 바라는 것.

찬스에 강한 사람

찬스에만 강한 사람은 없습니다.

평소에 준비된 것이 없는데 찬스에만 잘할 수는 없습니다.

어떤 축구선수는 골대 앞에 우연히 서 있다가

재수 좋게 골을 넣는 것 같지만

그 자리를 점유하는 감각을 키우기 위해

그가 얼마나 많은 훈련을 소화했는지 잘 모르고 하는 소리입니다.

남들이 알아주지 않아도, 당장은 성과가 나타나지 않아도

일관성 있는 성실함으로

자신의 영역과 이미지를 꾸준히 만들어 가는 사람이

찬스를 만드는 사람이 되고 결국 독보적인 결과를 만들어 냅니다.

찬스만 주어지면 손쉽게 큰 성과를 올릴 수 있으리라는

착각 속에 살면서

속 보이는 계산으로 잔머리를 굴리는 사람에게

찬스는 결코 오지 않습니다.

설사 행운처럼 기회가 주어지더라도 그는 그 일을 끝내 감당할 수 없습

니다.

어떤 사람은

자신의 능력을 다른 사람들이 몰라준다고 생각하거나,

혹은 자신이 실력 없는 것으로 오해받고 있다고 말하는 사람이 더러 있지만

그 사람 주위의 대부분의 사람들은

그가 평소에 어떤 선택을 하며 사는지 잘 알고 있습니다.

남들보다 편한 자리에는 목숨 걸고 나서지만

양보하고 희생해야 하는 일에는

절대 손해 보지 않으려는 그의 이기적인 행동들을

주위 사람들은 다 알고 있습니다.

자신이 생각하는 정도는 남들도 다 생각할 줄 아는데

그걸 모르는 그만 늘 불평이 많습니다.

우연은 없습니다.

모든 것이 노력의 결과이고 자기 선택의 결과입니다.

조금만 힘들어도 물러서 버리고,

이기적인 이빨을 드러내는 사람이

조직의 리더가 되지 못하는 건 너무도 당연한 일입니다.

그런 사람들의 보편적인 특징은 늘 불평이 많다는 겁니다.

자신의 삶에 열매가 없음은
찬스가 없어서가 아니라
매 순간이 찬스임을 깨닫지 못한
자신의 불성실함과
편협한 이기심에 있지는 않은지
자신을 자주 돌아보아야 합니다.

힘든 날의 양보 운전

기분 나쁜 일이 있거나 속상한 일이 생긴 날에는

쉽진 않겠지만…….

더더욱 양보 운전을 해 보세요.

끼어드는 차들에 넉넉히 양보했을 때

고마움의 표시로 답하는

상대방 운전자의

비상 깜빡이등을 몇 번 보고 나면

나도 모르게 기분이 좋아지고

마음의 여유가 생겨납니다.

나의 작은 친절이

누군가를 행복하게 했다는 생각에

닫혔던 내 행복의 문도

스르르 다시 열리게 됩니다.

'악'을 '악'으로 갚아서 생기는 '악'순환은

우리를 불행하게 만듭니다.

'악'을 '선'으로 대체해 내는 지혜로운 선택만 할 수 있다면

행복은 늘 우리 곁에 머물러 있을 겁니다.

거울은 절대 먼저 웃지 않습니다.

웃을 거리 하나 없는

다람쥐 쳇바퀴 도는 듯한 지루한 일상일지라도

뜻밖의 작은 친절은 사이다 같은 청량감으로

우릴 행복하게 만들어 줄 겁니다.

한쪽 문이 닫히면 그 자리에 서서 불평만 하지 말고

반대쪽 문을 열어 보는 지혜로운 인생이길 소원합니다.

골목길

어느 동네이건 좁은 골목길로 들어서면
포근한 정겨움 들이 마음을 다독이고,
평범한 일상을 살아가는 누군가의 흔적들이
따뜻한 마음의 위로를 선물합니다.

골목길에서 발견하게 되는 담벼락의 귀여운 낙서들이,
골목으로 나 있는 낡은 창문들이,
담장 밖으로 피어 있는 덩굴장미 몇 송이가,
때론 바람에 흔들이는 빨래들이,
내게 말을 걸어옵니다.

너무 힘들어하지 말라고,
너무 외로워하지 말라고,
오늘도 그저 평범한 하루를 살아가는 것뿐이라고……
위로를 합니다.

골목길을 걸으면 나도 모르게 흥얼거리게 되는 익숙한 노래가 있습니다.

아픔을 숨기고 살아야 했던 시절,

혼자 숨죽이며 불렀던 낮은 음정의 노래들

그 가사들로 인해 다시 한번 마음이 따뜻해집니다.

평범한 사람들의 진솔한 삶의 이야기를

마음으로 듣게 되는

골목길 여행은 늘 나에게 즐거움과 따뜻한 위로를 줍니다.

골목 한 모퉁이를 돌다

우연처럼, 운명처럼 그리운 사람을 다시 만날지도 모른다는

바보 같은 상상은

골목길이 덤으로 주는 또 다른 즐거움입니다.

잘못된 최선

도시고속화도로를 달리다 보면

전체의 교통 흐름과는 상관없이

자신만의 속도로 1차선을 달리는 차들을 간혹 만나게 됩니다.

2차선으로 비켜 주지도 않는 소신(?) 운전 때문에

결국, 뒤따르는 차들은 그 차를 피해 가기 위해

위험한 추월을 시도하게 되고, 간혹 사고로 이어지는 경우도 있습니다.

자신에겐 가장 안전한 운전이라고 선택한 '최선의 속도'가

다른 사람에게는 불편한 걸림돌이 될 수도 있습니다.

순수한 마음으로 행해진 최선의 수고와 노력일지라도

전체를 고려하지 않은,

타인의 입장을 배려하지 않은

나만의 기준으로 행해지는 최선이라면

섭섭하겠지만…….

그건 오히려 다른 사람의 행복을 가로막는

불편한 장애물이 될 수도 있습니다.

부모의 최선이 자녀를 힘들게 할 수도 있고

남편의 최선이 아내를 힘들게 할 수도 있고

교사의 최선이 제자를 힘들게 할 수도 있습니다.

나는 이렇게 노력했는데 몰라준다고 섭섭해하기 전에

나의 최선이

교통 흐름을 막아서고 유유히 1차선을 달리는

잘못된 최선은 아니었는지 한 번쯤은 되돌아보아야 합니다.

오조준

뛰어난 궁사들은 바람이 불 때
그 바람의 움직임을 예측해서 과녁을 '오조준'합니다.
과녁 주변의 변수들을 고려하지 않고
'정조준'하게 되면 화살은 과녁에서 벗어나게 됩니다.

표적의 정확한 위치를 측정하는 것도 중요하지만
표적이 놓여 있는 주변의 상황을 파악하는 것은 더 중요합니다.
때로는 주변의 변수들을 고려한 '오조준'만이
과녁을 정확하게 관통시킬 수 있습니다.

'정조준'할 때와 '오조준'할 때를 분별하는 지혜가 필요하듯
내 계산과 맞지 않는다는 이유로 다른 사람의 판단을
쉽게 비난하는 성급한 행동은 자제되어야 합니다.
때론 내가 어리석다고 판단하는 누군가의 행동 속에도
고도의 계산된 명쾌한 진리가 숨어 있을지도 모르니까요.

오차 변수들을 고려한 '오조준'이야말로

정확한 '정조준'임을 깨달으며 한쪽으로만 치우쳐 가는

성급한 내 판단력을 반성하게 됩니다.

전문가

어떤 일을 오래 한다고 다 전문가가 되는 것은 아닙니다.

전문가란 자신의 영역에서 늘 새로운 도전을 시도하고,

그렇게 해서 얻은 그 결과들을 다수 사람에게 제공하기 위해 끊임없이

노력하는 사람입니다.

내가 근무하는 학교에는 새로운 것을 배우기 위해

휴일을 포기하면서까지 남들이 가기 싫어하는 어려운 연수를 자청하여

가는 교사들이 있습니다.

연수의 목적도 아이들에게 보다 양질의 교육을 하기 위한 것이기에 볼

때마다 참 존경스럽습니다.

자기 일을 단순히 생계수단으로만 여기고

편한 일만 찾아 사는 사람은

아무리 오래 그 일을 해도 전문가는 될 수 없습니다.

또한, 전문가라 인정받을 만큼 많은 지식을 소유한 사람일지라도 자신의

전문적 지식을 자기 자신만을 위해 사용한다면 그도 역시 전문가라고 말

할 수 없습니다.

우리는 저마다 자신의 분야에 전문가로 살기 위해 노력해야 합니다.

지진 전문가, 기상 전문가, 바이러스 전문가, 경제 전문가, 상담 전문가

등등.

전문가가 우리 사회에 끼치는 유익이 얼마나 많은지요.

자기 일에 대한 긍지와 새로운 영역에 대한 도전 정신,

사회적 책임의식이 잘 조화된

멋진 전문가들이 우리 사회에 많아졌으면 좋겠습니다.

그리고 그런 전문가가 대접받는 사회가 되었으면 좋겠습니다.

잘못된 권위 의식에 빠져 실력 없이 큰소리만 치는

정신 나간 사람들은 이제 그만 좀 봤으면 좋겠습니다.

국회와 청와대엔 꼭 전문가들만 들어가면 좋겠습니다.

대학 진학 업무를 몇 년 하다 보니 여기저기서 진학설명회를 할 기회가

많아졌습니다.

마치 진학전문가인 것처럼 행사하는 내 부족한 모습을 반성하게 됩니다.

적어도 내 분야에서만은 아이들에게 올바른 방향을 가르쳐 주는 전문가

로 살 수 있도록 더욱 노력하는 교사이기를 다짐해 봅니다.

주는 기쁨

'Give and Take'

난 줬는데 그가 주지 않으면 섭섭하고 화가 납니다.
나만 손해 보는 것 같아 억울하기도 합니다.

명절이면 사람들이 마음을 많이 다치게 됩니다.
가까운 사이일수록 'Give and Take'가
지켜지지 않으면 더 속이 상합니다.
그것이 선물이든, 시간이든⋯⋯.

쉽진 않겠지만,
우린 주는 것만으로 만족하며 살았으면 좋겠습니다.
설령 내가 준 만큼 받지 못하더라도
너무 비교하고, 계산하지 말고
내 할 도리를 기쁘게 했음으로 만족하며 살았으면 좋겠습니다.
받기만 하고 주지 않는 성숙하지 못한 사람들을

우리가 가르치고 다 변화시킬 수는 없습니다.

그 사람들로 인해 너무 스트레스 받을 필요도 없습니다.

인생 길게 보면

주는 자가 복된 자입니다.

주는 자가 승자입니다.

'Give and Give'로 살아봅시다.

대학 졸업 후 첫 월급을 받았다며

착한 제자 한 명이 추석 과일을 보내왔습니다.

얼마나 고맙고 행복한지……

그 과일들이 내겐 귀한 보석처럼 느껴졌습니다.

누군가에게 우리도 이런 행복을 선물하는

'Give and Give'의 사람으로 살아갈 수 있다면 참 좋겠습니다.

걸림돌

자신의 헌신적인 노력과 봉사로
공동체가 발전하였기에
그 공동체 안에서 자기주장을 하더라도
아무도 뭐라 할 수 없는 자리에 섰을 때,
우린 자신의 목소리를 낮출 줄 알아야 합니다.
스스로 어깨에 힘을 뺄 줄 알아야 합니다.

오늘은 고마운 디딤돌로 존재하지만
내일은 공동체의 걸림돌로
쉽게 변할 수 있기 때문입니다.

남다른 열심과 헌신이
하나둘 자기의 자랑으로 쌓여 갈 때
우린 걸림돌로 변질되기 시작합니다.

디딤돌은 누군가가 밟고 올라설 때

그 존재의 의미가 있습니다.

밟히지 않고서는 디딤돌로 살 수 없습니다.

걸림돌로 살면서도

자신이 디딤돌인 줄 아는 사람이 너무 많습니다.

첫 마음을 잃지 않고

겸손하게 자신의 자리를 지켜 가는

견고한 디딤돌로 살아가길 소원합니다.

인생의 짐

가벼운 배는 빨리 갈 수는 있지만
풍랑에 쉽게 흔들립니다.
인생의 배는 조금 무거워야 합니다.
적절한 무게의 짐이 실려 있어야
거센 풍랑에 넘어지지 않고
목적지까지 잘 갈 수 있습니다.

내게 주어진 짐들이
고난만은 아님을
새삼 깨닫게 됩니다.

따뜻한 손

날씨가 추워지면 손이 쉽게 차가워지는 탓에
나는 겨울이 오면 제일 먼저 장갑부터 챙깁니다.
그래서 나는 손 따뜻한 사람이 참 부럽습니다.
반가운 마음으로 손 인사를 하거나
아픔을 위로하기 위해 누군가의 손을 잡아 줄 때
따뜻한 손은 그 자체로 많은 것을 쉽게 전달하는 능력이 있기에
손 따뜻한 사람이 난 참 부럽습니다.

청춘의 날 이루고 싶었던 많은 꿈들보다
지금의 내겐
따뜻한 손 하나 소유하며 사는 것이 더 간절합니다.

사람이 희망이어야 함에도 불구하고
상처받고 실망하는 일이 생기면 쉽게 마음을 닫고
움츠러드는 것이 평범한 다수의 모습이지만
지친 이웃에게 따뜻한 손을 먼저 내밀 수 있는

용기 있는 소수의 사람으로 산다는 건

얼마나 멋있고 근사한 일인지요.

생각해 보니

부지런한 사람의 손은 늘 따뜻했습니다.

다른 이의 행복을 위해 열심히 살아가는 사람의 손은 늘 따뜻했습니다.

'편한 삶'이 아닌 '보람된 삶'을 추구하던

선한 이웃들의 손은 늘 따뜻했습니다.

투박해도, 부자가 아니어도, 그의 손은 늘 따뜻했습니다.

이 겨울 나도 누군가에게

따뜻한 손으로 기억되는 선한 이웃이길 기도합니다.

나침반

다른 재주 없어도
정직하게 한 방향만 가리키는
작은 능력으로도
나침반은 얼마나 소중한 물건인지요.

딴 욕심 내지 않고
나침반처럼
한 방향이라도 정확히 가리키는
정직한 교사로 늙어 가길
소원합니다.

신인상

미국 아카데미영화제에는
신인상 부문이 없습니다.
단 한 번의 작품으로
화려한 배우로 탄생하는 경우가 별로 없고,
수많은 단역과 조역을 거쳐 주목받는 배우가 되는
풍토가 자리 잡고 있기 때문입니다.

개그맨 사회에서는 데뷔하자마자 적금 드는 개그맨은
뜨지 못한다는 속설이 있답니다.
돈 모으는 재미에 적금 부을 돈을 마련하기 위해
행사장, 부업에 신경 쓰다 보면 연습할 시간이 부족해지고,
결국엔 아이디어가 고갈되어
잠깐 반짝하다 사라지는 사람이 되고 맙니다.

다소의 종잣돈보다 더욱 필요한 건
자기 미래에 대한 꾸준한 투자입니다.

남들보다 빨리 성공하여 화려하게 데뷔하고 싶겠지만
'신인상'보다 더욱 값진 것은 '주연상'입니다.

시간이 걸리더라도 주연상을 목표로
좀 더 길고 견고한 인생 여정을 준비하는
야무진 청춘들이 많기를 응원합니다.

감동의 대상

인생을 잘 살아간다는 것은
'부러움의 대상'으로 사는 것이 아니라
'감동의 대상'으로 사는 것이 아닐까요.

뛰어난 외모와 넘치는 풍요, 탁월한 재능으로
사람들에게 '부러움의 대상'으로 사는 것도 훌륭한 일이지만
말과 행동이 일치하는 진실함으로,
자신을 자랑하지 않는 겸손함으로,
무례한 요구를 하지 않는 온유함으로
몸에 밴 배려와 친절함으로
누구에게나 편안함을 베풀며 살아가는 삶은 더욱 훌륭합니다.
이런 멋진 삶을 살아가는 인생의 선배들을 볼 때면
얼마나 큰 감동이 되는지요.

부러움의 대상이 되기 위해
애쓰는 피곤한 인생이 아니라

사람들의 마음을 시원케 하는

맘 편한 이웃으로 살아

작은 감동 한두 개라도 선물하며 사는

욕심 없는 인생이고 싶습니다.

꿈을 이루며 산다는 것

꿈을 이루며 산다는 것을

우린 너무 거창하게, 어렵게만 생각하며 살아온 것 같습니다.

길거리에 떨어진 휴지를 보고 불편한 마음이 들 때

그 휴지를 줍는 것.

어쩌면 그 작은 행동이야말로

꿈을 이루며 사는 가장 확실한 모습인지 모릅니다.

타인에 대한 배려와 나눔의 마음이 들 때

그 선한 동기가 사라지기 전에

바로 실천하는 것.

작지만 그 즉각적인 선행들이

하나, 둘 모여

정직한 인격을 완성해 갈 때

우린 누구보다 분명하게 꿈을 만들어 가는

괜찮은 사람이 되어 있을 것입니다.

큰 꿈의 완성도

작은 실천들로 시작됩니다.

그 선한 의지들이

결국, 우리의 인생을 만들어 갑니다.

한 번만 잘해서

완성된 꿈을

나는 결코 본 적이 없습니다.

행복의 유효기간

군 제대를 한 며칠 동안은 그냥 삶 자체가 행복이었습니다.

아침 눈뜰 때마다 병영 막사가 아닌 자유로운 공간에서

하루를 시작할 수 있음이 너무 감사했습니다.

하지만 그 행복은 힘든 복학생의 삶을 시작하면서 점차 사라져 버렸습니다.

행복에도 유효기간이 있습니다.

처음 느꼈던 행복감도 익숙해지면 그 행복지수는 금방 떨어지게 마련입니다.

근사한 식당에서의 맛있는 식사로 얻을 수 있는 행복은 하루,

멋진 옷을 사서 누릴 수 있는 행복은 한 주,

좋은 차를 사서 누릴 수 있는 행복은 한 달,

멋진 집으로 이사 가서 얻을 수 있는 행복은 일 년,

사랑하는 사람과 결혼해서 누릴 수 있는 행복은 십 년 정도.

한 번의 성취로 평생을 행복하게 할 수 있는 뭔가를

기대하는 건 어쩌면 어리석은 일인지도 모릅니다.

내 자녀가 원하는 일류 대학에 들어간다면 평생 행복할 수 있을까요.

자녀의 섭섭한 말 한마디에 그 행복은 쉽게 무너질 수도 있습니다.

꿈에도 그리던 그림 같은 집을 얻어 이사한다면 행복할 수 있을까요.

부부의 사랑이 깨어지면 그 큰 집은 더 큰 감옥이 될 수도 있습니다.

큰 꿈을 갖는 것도 중요하지만

그 꿈의 성취로 인한 행복에도 유효기간이 있음을 우린

기억해야 합니다.

하루에 한 번쯤은 멍하니 하늘을 쳐다보고,

운 좋은 날엔 일출과 일몰의 아름다움에도 빠져 보고,

밤하늘의 별들, 달의 분화구도 들여다보고,

산들바람도 느껴 보고,

가끔은 멈추어 서서 길가에 핀 꽃들도 보고,

가까운 산에도 올라가 보고,

낯선 이에게 친절한 인사도 해 보고,

운전하다 기분 좋은 양보도 해 보고…….

이러한 일상의 작은 일에서 오히려 우린 유효기간이

걱정 없는 신선한 행복들을 더 많이 누릴 수 있습니다.

매일 새롭게 주어지는 신선한 행복들을

가벼운 마음으로 끌어안는

지혜로운 습관이 우리 모두에게 필요한 이유입니다.

성공의 열매

어려운 사법고시를 통과해서 판검사가 되고
힘든 연습생 과정을 거쳐 인기 절정의 연예인이 되고
창의적인 아이디어로 회사를 키워 주식 부자가 되고
어려운 선거를 통해 정상의 정치인이 된
우리 사회의 성공한 사람들의 마지막 모습이 너무 참담합니다.

그 어렵고 힘든 경쟁의 과정을 참아 내며 성공하려는 이유가
고작 성접대를 받고, 마약을 하고, 도박을 하고, 불법 재산을 축적하고,
아무에게나 갑질해도 누구도 건드리지 못하는
권력자로 사는 거였나 생각하니 한숨이 절로 나옵니다.

누군가의 딸이고, 아들이고, 아빠이고, 엄마인 사람을
자신의 순간적인 쾌락과 감정을 위해 아무렇지도 않게
파괴하는 괴물 같은 사람들이 너무 많아졌습니다.

국민으로부터 부여받은 권력의 정당성은 사라지고

불의한 권력을 마치 자기 것인 양 함부로 휘두르는

그들의 오만한 모습에도 화가 나지만,

인간에 대한 예의나 배려, 겸손이라고는 찾아볼 수 없는

그런 파렴치한 인간들이 정상의 자리에 설 수 있는

현재 우리 사회의 구조와 제도에도 큰 절망감을 느낍니다.

'sky'로 대표되는 학벌지상주의 속에서 힘든 경쟁을 하고 있는 우리 아이들도

언젠가 정상의 자리에 서면 반대급부로서의 권력과 쾌락을 탐하지 않을까 걱정이 됩니다.

누군가의 눈에 피눈물 나게 하는 독한 괴물들로 자라지 않을까 두렵기도 합니다.

'돈 많은 것'을 '잘 사는 것'으로 가르쳐

10억 원만 주면 교도소에도 가겠다는 청소년이 즐비한

어처구니없는 사회를 우리가 살아가고 있습니다.

세계 최고의 사교육비를 지불하는 나라에서

자기 쓰레기 하나 처리하는 것도 제대로 가르치지 못해

제멋대로 쓰레기를 버리는 아이들로 거리가 가득합니다.

함께 나눌 수 없는 성공은 성공이 아닙니다.

우리 사회 성공의 모습이 좀 더 아름다워졌으면 좋겠습니다.

성공의 열매가 저질스러운 쾌락의 도구로만 사용되지 않고

사람을 키우고, 숲을 넓히고, 길을 만드는

성숙하고 품격 있는 모습으로 나타날 수 있다면 얼마나 좋을까요.

황금만능주의가 할퀴고 간 우리 정신의 황폐화를

이젠 시간이 걸리더라도 근본적으로 치료하기 위해

함께 노력하는 대한민국이 되었으면 좋겠습니다.

추억

지나간 세월이

누구에게는 과거가 되고

누구에게는 추억이 됩니다.

추억은 없고

과거만 있는 인생은 얼마나 불행할까요.

추억은

흘러간 세월의 흔적이 아니라

사랑했던 가슴의 흔적이기에

사랑한 만큼 우린 추억을 더 많이 소유하게 됩니다.

사랑하기를 포기한 채

혼자만의 편안한 세월을 살았다는 게

자랑일 수는 없습니다.

외롭고 힘든 인생의 날
지친 마음을 다독여 주는 건
과거의 사람이 아닌
추억의 사람입니다.

추억 많은 삶이
진정 부유한 삶입니다.

오늘 하루도
행복한 추억으로 기억될 수 있도록
내 곁의 소중한 동행들을
더욱 사랑하며 살아야겠습니다.

높은 세계

같은 재료라도

요리사의 실력에 따라 요리의 격이 달라집니다.

같은 산이라도

오른 높이에 따라 보는 경치와 공기의 수준이 달라집니다.

인생에도 쉽게 접근할 수 없는 높은 경지가 있습니다.

생각만으로는 도달할 수 없는 높은 수준의 특별한 세계가 있습니다.

사람은 철저히 자기중심적이어서

자신의 가치에서 벗어나기가 참 어렵습니다.

자기 수준만큼의 책을 읽고

자기 수준만큼의 사람을 만나고

자기 수준만큼의 용서를 하고

자기 수준만큼의 삶을 살다 생을 마감합니다.

자신의 방식대로, 자기 수준에 맞추어 살아도

행복할 수야 있겠지만

평소 자신이 먹는 요리보다 더 탁월한 맛을 알게 된다면,

평소의 풍경보다 더 높은 곳에서 아름다운 세계를 보게 된다면,

누구라도 차원 높은 그 세계를 동경하게 되고

그곳에 도달하기 위해 노력하는 인생이 되지 않을까요.

책을 읽다 보면 저절로 무릎을 치게 만드는

좋은 글들이 너무 많습니다.

어떻게 이런 생각과 실천을 할 수 있었을까?

감탄하게 되는 훌륭한 사람들도 많습니다.

차원이 다른 행복을 누리며 사는 고결한 인격자들이

우리 사회에는 생각보다 많습니다.

유명한 사람이 아닌 평범한 이웃 중에도 그런 사람들이

적지 않습니다.

어떤 사람과의 대화는 한 권의 책을 읽는 것보다

더 유익할 때가 있습니다.

그런 수준 있는 인격과 지성을 소유한 사람을 볼 때면

얼마나 부러운지요.

돈 욕심은 별로 없지만 그들처럼 잘 살고 싶은 마음은

너무 간절합니다.

수많은 노력 끝에 탁월한 요리사가 되고
힘든 노력 끝에 산 정상에 서게 되는 것처럼
자신이 누리는 세계도 자신의 노력만큼 이루어짐은
참 공평한 진리입니다.

아직도 만나야 할 사람, 읽어야 할 책, 가 봐야 할 장소,
들어야 할 노래들이 너무 많이 남았습니다.
남다른 노력으로 좀 더 높은 세계를 찾아가는
성실한 인생이길 소원합니다.

詩

무익한 종

길가 버려진
작은 들꽃이 되고서야
당신께 노래하는 법을 알았습니다.

아무도 봐 주지 않는 밤
홀로 피어나는 꽃처럼
나의 봉사도 그러하면 좋겠습니다.

옥합을 깨뜨려 기름 붓던 여인처럼
나의 욕심도 깨뜨려
당신 앞에 온전히 겸손한 자
된다면 좋겠습니다.

금 그릇 아닌
깨어진 질그릇의 삶으로도
당신이 주신 보화로 기뻐할 수 있는

오늘의 평화가 참으로 감사합니다.

썩어지는 밀알들을 통해
이루시는 당신의 나라
그 나라에 나도 이젠
한 알의 밀알이고 싶습니다.

당신으로 인해 낮아짐이,
당신 위해 썩어짐이
왜 이리도 소중한 행복인지요.

내 영혼 회복시킨
당신의 사랑 앞에
난 항상
무익한 종이옵니다.

감춰진 축복

누군가의 때 묻은 발을 씻어 주는 동안
내 손도 깨끗해졌습니다.
누군가의 무거운 짐을 함께 지는 동안
내 짐도 가벼워졌습니다.
누군가의 아픔에 함께 울어 주는 동안
내 아픔도 치유되었습니다.

용서하라
낮아져라
거저 주라 하신
당신의 뜻 깨닫고 보니
그건
내 행복을 위한
감춰진 축복의 통로였습니다.

가난이란

소유의 적음이 아니라
나눌 수 없는 마음입니다.

메마른 사막에도
샘물 솟게 하셨듯이
메마른 내 인생에도
누군가의 목마름을 해결할 수 있는
맑은 샘 하나 솟아나게 하소서.

때로는 내 작은 선행이
지친 이웃의 눈물을 닦아 주는
예기치 못한 선물이게 하소서.

욕심내지 않고
남 탓하지 않고
내 뜻 아닌
당신의 뜻대로만 살아
깨끗한 손 소유한
착한 인생이게 하소서.

녹슬지 않는 이름

제자리에 박혀
녹슬어 가는 못이
붉은 장미만큼이나
아름답습니다.

절망의 거리 끝자리를
지키는 녹슨 십자가가
장엄한 합창만큼이나
감동입니다.

누가 알아주지 않아도
묵묵히 제자리를 지켜 가는
착한 존재들을 만나게 되면
고맙고도 안쓰러워
저절로 고개가 숙어집니다.

자신의 사명을 감당키 위해

사그라져 가는 어떤 초라함은

세상의 어떤 꽃보다 아름답습니다.

세상의 어떤 울림보다 깊은 감동입니다.

오늘은 초라하게 녹슬어 가도

잘 박힌 못처럼

끝까지 제자리를 지켜

녹슬지 않는 이름 하나 소유하는

견고한 인생이길 소원합니다.

내 나이 오십에

내 나이 오십에 소원하는 건
애써 웃음 짓지 않아도
저절로 웃고 있는
선한 얼굴 하나 소유하는 것.

힘들었던 세월
분노로 일그러지지 않고
인내로 지켜 낸
눈가 고운 웃음 주름 하나 소유하는 것.

처음 보는 그 누구도
쉽게 길 물어 올 것 같은
선한 눈빛 하나 소유하는 것.

조용히 속삭여도
울림이 깊어

마음 깊은 곳까지 전달되는

잘 익은 목소리 하나 소유하는 것.

가벼운 깨달음에도

쉬이 미소가 번져 가는

부드러운 입가 주름 하나 소유하는 것.

어설픈 기대로 섭섭해하지도 말고

그 누구와 비교하여 자랑하지도 말고

용서하며,

이해하며,

하루하루 익어 가는

가을 모과 같은

순한 얼굴 하나 소유하는 것.

내 나이 오십에

간절히 소원하는 건

욕심 없이 살아

들꽃을 닮은

선한 얼굴 하나

자랑처럼

소유하는 것.

가을의 선물

제 살이 깎이고 베어져도
복수하지 않는 나무가 있기 때문에

제 몸 더럽혀지고 썩어 가도
복수하지 않는 강이 있기 때문에

함부로 꺾이고 짓밟혀도
복수하지 않는 들꽃이 있기 때문에

가을 들판은 여전히 넉넉하고
가을 숲은 슬프도록 아름다운지 모른다.

자신의 상처보다
자신의 사명을 더 소중히 여겨
최선을 다해 살아 내는 선한 존재들로 인해
가을 들판엔 오늘도 열매가 가득한지 모른다.

끝까지 제자리를 지켜 내는
나무처럼 사는 이가 있기 때문에

남모르는 수고로 생명을 키워 가는
너그러운 강처럼 사는 이가 있기 때문에

환경을 탓하지 않고 주저 없이 뿌리를 내리는
들꽃처럼 사는 이가 있기 때문에

복수보다 위대한 용서를 택해 아픔 가운데에서도
자신의 길을 꼿꼿이 걸어가는 큰 산 같은 이가 있기 때문에

우리 인생의 들판에도 고마운 열매가 있고
해마다 우린 아름다운 가을을 선물 받는지 모른다.

상실

작년에는 오른쪽 장갑을 잃어버렸는데
올해는 왼쪽 장갑을 잃어버렸다.
참 다행한 일이다.
남겨진 장갑들이
제 짝처럼 쓸모 있게 되었다.

상실은 언제나 속상하고 가슴 아픈 일이지만
그 아픔으로 인해 남겨진 것들은
동행의 소중함을 더 깊이 배우는지도 모른다.

온전한 두 짝보다
상실의 아픔을 경험해 본
남겨진 두 짝이
서로를 더욱 간절히 끌어안는지도 모른다.

우리네 삶에서도

버려진 사람들끼리

혹은 남겨진 사람들끼리 만나

더 뜨겁게 사랑함은 이상한 일이 아니다.

세상에 흠 없는 인생이 어디 있으랴.

서로의 부족을

사랑으로 메우며 살아감이 행복인 것을.

한쪽만 남게 된

쓸모없는 장갑끼리 만나 살아도

인생은 여전히

고맙고 아름다운 축복인 것을.

새해

봄날의 희망을 품고
겨울을 견디는 들판의 나무들처럼
우리도 그렇게 새해를 맞아야 한다.

시리고 아파도
차가운 땅속으로 치열하게 뿌리를 뻗어 가는
겨울나무들처럼
우리도 그렇게 새해를 맞아야 한다.

연약한 우리 삶에
겨울바람 같은 아픔 있음을 이상히 여기지 말고,
마음이 무너지는 날
위로해 줄 사람 하나 없음을 섭섭해하지도 말고.
삶의 무게로 지쳐
모든 것 내려놓고 도망치고 싶은 날에
꺼내어 볼 희망 하나 자랑처럼 마음에 새기며

올곧은 뿌리로 제자리를 지켜 가는

들판의 나무들처럼

우리도 그렇게 새해를 맞아야 한다.

나이테 하나 두르며

더 단단해지는 성숙한 나무들처럼

견고하게, 초연하게

그렇게 우린 새해를 맞아야 한다.

나무

때로는
나무들도 달려가 서로를
끌어안고 싶은지 모른다.

서로의 손 꼬옥 잡고
서러운 눈물
닦아 주고 싶은지 모른다.

정해진 자리에
운명처럼 내린 뿌리 탓에
서로에게 다가갈 수 없을 때
나무는 속으로만 운다.
한없이 쳐다만 보다
끝내
마음으로만 운다.

그대 너무 아파하지 마라

무거운 짐

혼자 지지 마라

위로의 한마디 전하기 위해

나무도 가끔은

허옇게 뿌리를 드러내고

서로에게 달려가고 싶은지 모른다.

서로를 끌어안고

한없이 울고 싶은지 모른다.

홀로 남아

메말라 가는

건너편 나무와

눈 마주치게 되면

순한 나무도

엉엉 소리 내어 우는지도 모른다.

가을은

가을은
용서가
쉬워지는 계절

따뜻함이
친구처럼
고마운 계절

익숙한 거리가 낯설어져
평범한 하루도
소박한 여행이 되는 계절

공원 한구석
빈자리가
말을 걸어오는 계절

모두가 한 번쯤은

걸음을 멈추고

먼 산을 쳐다보는 계절

혼자여서가 아닌,

홀로 서지 못해

마음 아픈 자책의 계절

가을은

다시, 집으로

돌아가는 계절

돌아가는 이의 뒷모습이

아름다운 그림이 되는 계절

부끄러운 나에게도

화해의 악수를 청하는 용서의 계절

모두가 그렇게

첫 마음을 회복하는 계절

비로소

인생의 나이테 하나

선명하게 굵어지는 고마운 계절

맛있는 인생

맛있는 식당은 멀리서도 찾아온다.
줄 서서 기다려서도 먹는다.

조금 허름해도,
주차장이 불편해도
불평하지 않는다.

다른 식당이 가지고 있지 않은
'그 무엇'을 소유하고 있기에
사람들은 물어서라도 찾아온다.

나도 '그 무엇'인가를 소유한
맛있는 인생이고 싶다.

엄마 마중

늦은 밤 하교하는 딸아이를 마중하러
엄마가 집을 나선다.
험한 세상에 행여 딸아이가 다칠세라
어두운 골목길로 엄마가 마중을 간다.
훌쩍 커 버린 덩치로는
딸아이가 엄마를 지켜야 할 것 같은데
엄마에게 아이는 여전히 세상 물정 모르는,
밤길에도 엄마만 있으면 웃음이 절로 나는
철부지일 뿐이다.
간혹 만나는 술 취한 주정꾼 앞에서도
엄마만 있으면 세상은 만만해진다.

엄마는 그렇다.
목숨 다해서라도 끝까지 책임지는 사랑이 있기에
어떠한 어두움도 내 아이를 건드릴 수 없는
엄마는 세상에서 가장 강한 사람이 된다.

딸아이 마중을 위해

밤길을 겁 없이 나서는 엄마도

한때는 누군가의 철부지 딸이었을 텐데…….

그 엄마의 엄마가 그러했듯이 끝없는 자식 사랑이

연약한 엄마를 세상에서 가장 강한 사람으로 만든다.

훗날 딸아이도 엄마가 되고,

메말라 왜소해지고 허리 굽은 엄마를 발견할 때쯤

딸아이는 기억하리라.

밤길 마중 나온 엄마와 함께 걸어갔던 정다운 골목길과

한없는 사랑으로 나를 기다려 주던 엄마의 다정한 눈빛을,

나를 위해 그렇게 조금씩 닳아 가고 있었던

엄마로 불린 고마운 천사가 있었음을.

고마운 사랑 다 갚기도 전에 훌쩍 떠나 버린

엄마, 우리 엄마가 있었음을.

찬 바람 부는 어두운 골목길로

오늘도

총총

키 작은 엄마가 마중을 나간다.

친구

문득
떠오르는 그리움으로
찾아가더라도
늘,
첫눈처럼 반가운 사람.

한마디 인사로도
시린 손 따뜻이 데워 주는
서로의 가슴 속에
불씨 같은 사람.

외로움의 이유를 같이하는
운명으로
마지막까지 위로자로 남는 사람.

서로 제 갈 길 가야 함이

슬픔의 이유가 되지 않는

적당한 거리의 염려와 사랑으로

늘 동행하는 사람.

그의 어깨에 기대어 마음껏 울어도

부끄럽지 않은 사람.

괜찮다, 괜찮다

끝까지 믿어 주는 사람.

그저 존재함으로 고마운 사람.

메마른 나로

열매 맺게 하는 사람.

얕은 나로

뿌리 깊은 나무가 되게 하는 사람.

내 노래가 되는 사람.

내 詩가 되는 사람.

나로 기도하는 삶을 살게 하는 사람.

힘든 오늘도

살 만한 인생이라 고백케 하는 사람.

너는 그런 사람.

내게 넌

그런 고마운 사람.

10월의 인사

10월이

9월에게

전합니다.

수고했다고,

고마웠다고,

이젠 좀 쉬어 가라고.

당신의 수고로

누리는

내 평화가

너무

미안하다고.

다 같은 이유

길 끊어진 산모퉁이 외딴곳에도
사람의 집이 존재하는 이유

바닷가 바위 좁은 틈새에도
허리 굽은 海松이 살아가는 이유

죽을 만큼 먼 거리를 끝내
철새들이 날아가는 이유

잘려진 가지 끝에도 땅속뿌리가
생명을 흘려보내는 이유

살을 에는 추위에도 새벽 장을 찾아
아버지가 길을 나서는 이유

다 같은 이유

흙을 만나면 주저 없이 뿌리내리는 나무들처럼

우리도 서로의 가슴에 뿌리내리며 살아야 하는 이유

사랑은 선택이 아닌 본능인 이유

마음을 열면

팔 벌려 사는 세상이
이렇게 아름다운 것을

가슴 닫고 살 땐
항상 어둡던 하늘

하늘 푸르름이 묻어나는
샘물에 얼굴을 씻고

추억 같은 바람 앞에
마음을 열면

세상은 한결
가볍게 안기우고

모두가 용서되는

기막힌 자유

감사로 가득한
새날이 시작된다.

괜찮다

싸워서는 안 되는 사람이 있다.

설사 싸우더라도 이겨서는 안 되는 사람이 있다.

져 주는 것이 훨씬 더 행복한 싸움이 있다.

내가 그보다 어른이기에,

내가 그를 더 사랑하기에.

나이를 먹어 간다는 것은

혹은,

인생이 좀 더 깊어진다는 것은

이기며 사는 행복보다

져주며 사는 행복이 더 크다는 걸

깨달아 가는 것.

내가 져 줘도 괜찮을 사람을

내 곁에 하나둘

늘려 가며 사는 것.

그가 돋보일 수 있도록

난 그저 평범한 배경이 되어도 괜찮다.

그의 목소리를 받쳐 주는 드러나지 않는

저음의 베이스로 살아도 괜찮다.

늦은 저녁 피곤한 몸으로도

필요하다면 기꺼이

그의 심부름 길을 나서도 괜찮다.

그가 몰라줘도 섭섭다 하지 않고

주어진 내 자리를 끝까지 지켜 내는

맘 착한 나무로만 살아도 괜찮다.

괜찮다.

괜찮다.

너에게 지는 건

정말 괜찮다.

낙화(洛花)

만개한 봄꽃 그늘 아래 서면 정신이 아득하다.
그 화사한 생명의 향연을 바라보노라면
가슴 저미는 뜻 모를 슬픔이 밀려온다.
일 년을 기다려 맞이한 이 아름다운 세상이
지금 봄비와 함께 속절없이 지고 있다.

내년 새봄에도 어김없이 꽃은 다시 피겠지만
우린 다음 봄날을 약속할 수 없는 연약한 인생이기에
낙화는 아쉽고, 안타깝고, 슬프기만 하다.

언제부터인가 아름다운 광경 앞에 서면 눈물이 난다.
아직도 이런 아름다운 세상이 남아 있구나 하는 반가움 때문에,
그 아름다움을 붙잡아 둘 수 없는 무력감 때문에,
그 아름다움과 동떨어진 삶을 살아온 부끄러운 내 모습 때문에,
꽃보다도 아름다웠던 순하고, 착하고, 맑았던 날들의
상실이 기억나서…….

이래저래 낙화는 슬프다.

하지만 이 슬픔으로 인해

잊었던 순수의 세계를 기억하고 돌아볼 수 있다면,

그 슬픔으로 인해

꽃보다 못한 인생을 살아온 서로의 아픔과 상처 앞에

화해의 손 내밀 수 있다면,

서로를 불쌍히 여기는 참다운 긍휼 소유할 수 있다면,

상처 많은 나를 스스로 위로하며 끌어안는

회복의 시간 소유할 수 있다면,

어쩌면 낙화(洛花)도 고마운 일이 아닐까.

여행

여행을 통해 보게 되는 건
새로운 풍경이 아니라
낡은 내 마음일 경우가 많다.
낯선 거리를 걸으면서도
여행 중 마음은 내내
잊고 살았던 추억의 거리를 서성이게 된다.

후회와 아쉬움으로 가득한 청춘의 어느 날,
그 기억 속에 갇힌 위축된 나를 만나
어색한 악수를 하며,
속절없이 흘러가는 세월 앞에
별반 특별나지 않은 내 삶을
물끄러미 바라보게 된다.

여행은
나를 찾아 떠나는 길

떠나온 나와

돌아갈 나는

결코

다르지 않다.

아내의 신발

아내의 신발에는 아픈 돌멩이가 하나 들어 있다.

아무리 빼려 해도, 털어도 나오지 않는 돌멩이가 하나 있다.

신을 때마다 발을 아프게 하는 성가신 돌멩이로 인해

보드라운 아내의 발에 자주 물집이 잡히고

이젠 흉한 굳은살까지 생겼다.

고약한 신발을 확 내팽개치고도 싶지만

어쩔 수 없이 아내는 아픈 그 신발을 아직까지 신고 산다.

짐작은 할 수 있어도 쉽게 공감할 수 없는 아픔을 감내하며

'그래도 맨발보다 낫네.' 스스로 위로하며

고약한 신발을 오늘도 아프게 신고 살아간다.

그 신발은 내가 골라 준 거다.

평생 행복하게 해 줄 거라며 내가 직접 신겨 준 신발이다.

살면서 이보다 예쁜 신발 많이 많이 사 줄 거라며

꼬드겨 신긴 신발이다.

인생길 함께 가고 싶은 욕심에 어린 아내에게

흠 있는 신발을 성급하게 내가 신겼다.

새 신발을 사 준다던 약속은 지키지도 못한 채

어느새 세월은 훌쩍 흘러

아내의 발은 자꾸 망가져 걸음걸이도 이상해지고

발의 아픔은 얼굴의 웃음도 걷어 갔다.

그사이 내 신발 안에도 뾰족한 돌멩이가 여러 개 생겨

내 걸음도 기우뚱 이상해졌지만

아내의 신발을 볼 때마다 가슴이 아프고

당장 아내의 신발을 바꾸어 주지 못하는

막막한 내 처지가 한심하여 내 가슴에도

자꾸만 멍이 들어간다.

아픈 신발을 신고 살아야 하는 사람도 있고

신발 안의 아픈 돌로 살아야 하는 사람도 있다.

누군가의 귀한 인생에

아픈 돌이 되어 살고 싶은 사람이 누가 있으랴만

그럼에도 누군가의 인생에 아픈 돌로밖에 살 수 없는

기막힌 처지를 만나는 게 우리 인생인데…….

아내의 신발을 볼 때마다

"그 사람의 신발을 신고 5리를 걸어 보기 전에는

그 사람을 비판하지 말라."라는

인디언 속담만 무슨 깨달음처럼 되뇌며

나의 죄책감을 감추며 살아간다.

언젠가 아내의 오래된 신발을 벗겨 내고

곱고 보드라운 새 신발 신겨 주는 행복한 날 주어진다면

미안한 마음, 고마운 마음 한껏 담아

속 깊은 고백 온 맘으로 전해 보리라.

아픈 길 오래도록 걷게 한 미안함이

아내를 더 사랑하게 했다는

변명 아닌 변명은 조용히 묻어 둔 채로.